DER TRAUM DES SILBERS

* * * * * *

MANUELA SCHNEIDER

WOLFPACK
PUBLISHING
— EST 2013 —

WOLFPACK
PUBLISHING
— EST 2013 —

Veröffentlicht in den Vereinigten Staaten von Wolfpack Publishing
Verlag, Las Vegas.

Wolfpack Publishing

6032 Wheat Penny Avenue

Las Vegas, NV 89122

wolfpackpublishing.com

Taschenuch ISBN 978-1-64734-527-3

eBook ISBN 978-1-64734-532-7

DER TRAUM DES SILBERS

******

DANKSAGUNG

***

ICH MÖCHTE DEN FOLGENDEN LEUTEN DAFÜR DANKEN, DASS SIE DIESES BUCH möglich gemacht haben:

Denise F. McAllister. Nicht nur hat sie einen wunderbaren Job beim Editieren meiner englischsprachigen Bücher gemacht, sondern ist mir immer mit Rat und Expertise zur Seite gestanden. Ich habe bereits viel über das Schreiben gelernt, seit ich mit ihr zusammenarbeite.

Meiner Publizistin Krista Rolfzen Soukup von der Blue Cottage Agentur, die für mich eine neue Strategie entwarf, damit ich meinem Traum weiter folgen kann.

Bestseller Autor Harlan Hague, der mir enorm auf meinem Weg als Autorin geholfen hat und nie müde wurde, mir mit Rat und Tat zur Seite zu stehen.

Und ich danke der wunderbaren Westernstadt Tombstone, die nie aufhört mich zu faszinieren und eine unerschöpfliche Quelle der Inspiration ist. Ein Besuch der berühmten Allen Street ist eine Zeitreise zurück in das Zeitalter der Pioniere.

KAPITEL EINS

***

ENDLICH WAR ER IN ARIZONA - DAS STAUBIGE UND DENNOCH VIELVERSPRECH-
ende Land für jeden Schürfer des Silber- und Goldrausches.
Nach Wochen einer anstrengenden Reise, die ihn dreizehn-
hundert Meilen von Turner, Kansas durch die Wälder von
Colorado und durch Teile der südwestlichen Territorien in
die heiße Sonora Wüste geführt hatte, stoppte Jesse Connor
schließlich seinen Pferde gezogenen Planwagen. Er blieb
für ein paar Minuten erschöpft auf dem Kutschbock sitzen
und betrachtete das alte Adobe Ranch Haus, das ab nun
sein Zuhause sein würde.

Jesse schätzte sich mehr als glücklich, dass er bis
nach Cochise County gekommen war, ohne vorher von
irgendwelchen Banditen oder abtrünnigen Indianern getötet
worden zu sein. Die Reise war hart gewesen und er war
genauso erschöpft wie die beiden Pferde, die seinem Planwagen zogen. Jesse kletterte vom Wagen und streckte sein
steifes Kreuz durch. Er verzog dabei stöhnend sein Gesicht.

"Meine Güte, ich kann mich nicht daran erinnern, jemals so kaputt gewesen zu sein. Verflucht, jeder einzelne
Knochen tut weh. Mir war nicht einmal bekannt, wieviel

Stellen im Körper Schmerzen bereiten können."

Er betrachtete seinen Besitz. Es sah ganz danach aus, als ob das kleine Haus einiges an Reparaturen benötigen würde. Die primitiv gezimmerte, beschädigte Tür hing traurig in den verrosteten Türangeln und der Adobe Stuck aus Lehm und Gips blätterte an manchen Stellen der Wände ab. Nichtsdestotrotz war es sein eigenes Haus.

Mit den richtigen Werkzeugen und Materialien würde er es in kürzester Zeit in ein richtiges Zuhause für sich und seine geliebte Frau Maggie verwandeln.

Im Moment jedoch sah das Gebäude nicht wirklich einladend aus. Jesse hoffte, dass zumindest das Dach dicht war.

Glücklicherweise hatte er Geld vom Verkauf seiner kleinen Farm in Kansas und er war willens das Risiko einzugehen, dieses im Territorium der gefürchteten Apachen zu reinvestieren.

Der junge Bursche hatte sich wie so viele andere im Territorium in den Kopf gesetzt, in den Minen nach Silber zu graben. Es war sicherlich ein Knochenjob- zumindest hatten ihm das die Leute gesagt, bevor er sich auf die Reise gemacht hatte, aber er wollte sein Glück versuchen.

Im Moment war er sehr erleichtert, dass seine Frau Maggie fürs Erste bei ihrer Familie in Kansas geblieben war. Nicht, dass er sich nicht einsam fühlen würde. Er vermisste ihre Gesellschaft wirklich. Es war eine große Herausforderung gewesen ganz allein durch das Land zu reisen und gefährlich noch dazu. Dennoch hatte er sich vorgenommen, sich zuerst niederzulassen und das Haus für seine Ehefrau wohnlich zu machen.

Der junge Mann wollte ihre Unterkunft so bequem und schön wie nur möglich gestalten, denn Maggie beschwerte sich in letzter Zeit immer wieder oder war es schon von

Anfang an so gewesen? Natürlich war sie überhaupt nicht von der Idee begeistert gewesen, aus der Stadt, in der ihre Eltern wohnten, wegzuziehen. Auch sein Plan, sein Glück in der Wüste Arizonas zu finden fand keinerlei Anklang bei ihr. Und wenn Maggie etwas nicht passte, dann sagte sie ihre Meinung auch laut und geradeheraus.

Sie war die Wochen, bevor er sich auf den Weg gemacht hatte, sehr kühl zu ihm gewesen und manchmal sogar wütender als eine ins Wasser geschmissene Katze.

Maggie kam aus einer wohlhabenden Rancher Familie und sie schätzte all die Annehmlichkeiten, die Geld kaufen konnte sehr. Er konnte sogar ihre Zweifel über den Schritt nach Westen zu ziehen verstehen. Aber wer sagte denn, dass sie sich nicht auch hier bald alles leisten könnte, was ihr gefiel. Spätestens dann, wenn er eine Silberader finden würde.

Die anstrengenden Wochen bis hierher hatten ihm viel Zeit gegeben, um über die Entwicklung seiner Ehe seit der Hochzeit nachzudenken.

Jesse würde sich selbst etwas vormachen, wenn er behaupten würde, dass er glücklich war. Die letzten Monate hatte sich ihre Beziehung alles andere als rosig entwickelt.

Bisher waren sie nicht mit Kinder gesegnet worden und er fragte sich, ob sie etwas tat, um eine Schwangerschaft zu verhindern. Jesse wusste, dass es solche Möglichkeiten gab. Die gefallenen Engel in den Bordellen nutzten schließlich auch alle Arten von Tricks, um zu verhindern, dass sie laufend Kinder bekamen von Männern, die sind nicht einmal kannten.

Nach getaner Arbeit das fröhliche Lachen seines Nachwuchses zu hören würde ihn mit großer Freude erfüllen. Es gab einem Mann einen Grund, hart zu arbeiten, weil er dann wusste, dass alles was er erreichte zu einem besseren Leben für sich und seine Familie führte. „Nun, vielleicht bekommen wir hier in Tombstone Kinder", murmelte er, während er die Pferde abspannte.

Jesse war wohl bewusst, dass er als einfacher, hart arbeitender Bursche weit entfernt war vom Bild des Traumschwiegersohns von Maggies Eltern. Sie hätten es lieber gesehen, wenn ihre Tochter einen erfolgreichen Händler oder Bänker oder vielleicht sogar einen Rinderbaron mit einer großen Ranch in Kansas geheiratet hätte. Sie hatten ihren Sprössling seit der Kindheit maßlos verzogen und manchmal hatte Jesse das beängstigende Gefühl, dass sie ihn aus einer Laune heraus, aber nicht aus Liebe geheiratet hatte. Sie schien nicht willens zu sein, seine Träume zu teilen oder auf einen gewissen Luxus zu verzichten, um ihn zu unterstützen. Manchmal fragte er sich sogar, ob sie überhaupt an ihn als Mann oder an ihre gemeinsame Zukunft glaubte. Irgendwie zogen sie nicht zusammen am gleichen Strang.

Jesse war sich bewusst, dass Arizona ein gefährliches Territorium voller Banditen, abtrünniger Indianer und Schlangen war. Und das waren nur einige der Gefahren.

Das Klima war sengend während der Sommer und es gab extreme Monsun Stürme, die oftmals Fieberepidemien unter den Pionieren auslösten. Aber die Erzählungen, dass man ein Vermögen in den Minen dieses Territoriums verdienen könnte, waren zu verführerisch für ihn gewesen.

Maggie würde es vielleicht in Tombstone nicht gefallen, aber sie könnte es sicherlich gut hier aushalten, wenn er eine Glückssträhne hätte und eine reiche Silberader fand, denn dann hätte er genug Geld, um sie nach Strich und Faden zu verwöhnen. Das war in der Tat genau das, was er beabsichtigte zu tun. *Ich muss ihr beweisen, dass ich genauso viel Wert bin wie ein verdammter Bänker.*

Der erschöpfte Mann verdrängte die unangenehmen Gedanken und fing an den Planwagen abzuladen. Als er endlich damit fertig war, hatte Schweiß und Staub eine juckende Schicht auf seiner Haut hinterlassen. Obwohl es erst Anfang Frühjahr war, stiegen die Tagestemperaturen schon beträchtlich an.

Wie wird es dann wohl erst die Sommer sein, wunderte er sich.

Jesse versuchte sich ein genaueres Bild über die Schäden im und um das Haus herum zu machen, denn er musste sich eine Einkaufsliste für den Händlern in Tombstone notieren. Er wollte dort gleich am nächsten Tag die nötigsten Dinge wie Nägel, Holzbretter, eine Schubkarre, ein paar Ziegelsteine und noch mehr besorgen.

Jede Menge Gestrüpp und Kakteen mussten auf seinem Grundstück gerodet werden. Der junge Mann hatte aber bereits entschieden, den großen Mesquite Baum stehen zu lassen, denn dieser würde im Sommer kühlen, wertvollen Schatten spenden. Vielleicht würde er eine kleine Bank bauen, damit Maggie abends, wenn die Arbeiten des Tages erledigt waren, unter den Baum sitzen könnte. *Das würde ihr sicher gefallen,* dachte er *lächelnd.*

Durch die Lehmwände fühlte sich das Haus im Innern angenehm kühl an und hatte die Frühjahrswärme draußen gehalten. Er hoffte sehr, dass das Baumaterial die Wärme eines Feuers im Ofen während der kühlen Winter ebenfalls speichern würde.

Weil die Matratze aus altem, verrottetem Stroh nicht sehr einladend aussah, warf Jesse sie kurzerhand aus dem Haus. Seine erste Nacht in Cochise County schlief er auf dem Boden und benutzte seinen Sattel als Kopfkissen. Das würde wohl bequem genug sein, denn er war so erschöpft, dass er sogar in einem ausgetrockneten Flussbett geschlafen hätte. Morgen, sobald er erst einmal die passenden Werkzeuge, eine neue Strohmatratze und vielleicht eine warme Wolldecke gekauft hätte, würde alles schon viel besser aussehen.

Überraschenderweise waren die Temperaturen schnell gefallen und es war sehr kühl geworden. Er lauschte dem Heulen der Kojoten, aber dann musste er seiner Erschöpfung klein beigeben und schlief tief und traumlos.

KAPITEL ZWEI

***

EIN PAAR MEILEN WEITER ENTFERNT VON JESSE CONNORS NEUEM ZUHAUSE LAG die quirlige und laute Stadt Tombstone. Das nächtliche Entertainment war bekannt im ganzen Westen.

Die Allen Street war überfüllt. Tombstone bot eine große Anzahl an Saloons und damit auch eine enorme Menge an Frauen leichter Moral, die nicht nur die Straße bevölkerten, sondern auch vor den Bordellen standen. Sie waren auf der Suche nach Männern, die bereit waren für ihre körperliche Zuneigung zu bezahlen. Die Nächte in den Städten des Silberbooms waren laut und rau. Whiskey floss in Strömen aus den Eichenfässern. Die Saloons waren vierundzwanzig Stunden an sieben Tagen die Woche geöffnet.

Lorraine Bernard war eine der erfolgreichsten Ladies mit fragwürdigem Ruf in der Stadt des Silber Booms. Sie war in der beneidenswerten Position ihre Kunden aussuchen zu können und entschied selbst, wen sie die Leidenschaft ihres Körpers erfahren ließ und wen nicht. Sie musste keinerlei Anweisungen anderer befolgen.

Mit ihrer französisch-englischen Herkunft und einer außergewöhnlichen Schönheit gesegnet, erschien so manchem Mann dieser gefallene Engel tatsächlich wie eine Kreatur des Himmels.

Wie andere Mädchen ihrer Art, war auch sie mit einer reisenden Varieté Truppe nach Tombstone gekommen. Bald schon war ihr klar geworden, dass die Stadt sehr viel bessere Einkommensmöglichkeiten bot und blieb einfach. Die Künstlertruppe war weiter westwärts Richtung Kalifornien gezogen, um in anderen Städten, die vom Goldrausch und Fieber des Silbers befallen waren, aufzutreten.

Glücklicherweise war Lorraine nie in der deprimierenden Situation wie die bemitleidenswerten Mädchen in der Toughnut Street oder Sixth Street gewesen. Diese mussten ihre Körper in schmutzigen, winzigen Verschlägen mit kaum Mobiliar darbieten. Die armen Geschöpfe schliefen sogar in jenen Holzschuppen, nachdem die Männer gegangen waren. Manche Mädchen gingen ihrem Gewerbe sogar in Zelten aus Segeltuch nach.

Lorraine traf eine solche verlorene Seele und wechselte ein paar freundliche Worte mit der Frau. Dabei fiel ihr auf, wie blass diese war.

"Habe ich dich hier schon einmal gesehen? Du siehst müde aus und ich glaube du hast Fieber. Warum versuchst du nicht dich ein wenig auszuruhen?"

Aber die Prostituierte schüttelte ihren Kopf, während sie versuchte einen schlimmen Hustenanfall zu unterdrücken. Lorraine schätzte sie auf Ende dreißig.

"Ich kann mich nicht ausruhen. Ich bin vor einigen Tagen aus Benson hier angekommen. Mein Mann wurde während eines Pokerspiels erschossen. Aber der Versager hat kurz zuvor unsere Farm wegen den verdammten Karten verloren. Ich musste das Haus verlassen und wusste nicht wohin. Die einzige Möglichkeit mein kleines Mädchen zu ernähren, ist meinen Körper zu verkaufen. Sie schläft bei mir in dem Holzverschlag. Wenn Männer zu mir kommen, schicke ich sie auf die Straße zu anderen Frauen oder zum Spielen hinter den Schuppen."

Die Frau tat Lorraine leid. Sie hatte zahlreiche Schicksale wie dieses gesehen. Sie gab der Witwe ein paar extra Dollar und bat sie, ihrem Kind eine anständige Mahlzeit und für sich Medizin zu kaufen.

Lorraine hatte nie solch wirtschaftliche Not gekannt, denn sie war mit einer außergewöhnlichen Schönheit und Verstand gesegnet. Sie war hochgebildet und äußerst charmant. Da dies eine seltene Kombination in den Pionierstädten des Westens war und die Frauen im Durchschnitt sowie stark in der Unterzahl waren, wurde Lorraine vom Fleck weg im Oriental Saloon engagiert und verdiente ohne Schwierigkeiten gut hundertfünfzig Dollar die Woche. Dies war eine unglaubliche Summe, wenn man bedachte, dass ein Minenarbeiter nur fünf bis zwölf Dollar die Woche für seine strapaziösen zwölf Stunden Schichten bezahlt bekam.

***

"Lorraine, komm hier her!", rief ein Mann am Pokertisch. Die dunkelhaarige Frau schlenderte zu dem runden Tisch rüber und war sich dabei der Blicke zahlreicher Männer bewusst.

"Was willst du, Wild Linc?", fragte sie.

"Ich hatte Glück beim Spiel heute und eine schöne Summe gewonnen. Jetzt möchte ich natürlich die Nacht mit dir verbringen!" Die anderen am Tisch lachten.

Lorraine schaute ihn durch ihre verträumten, von langen Wimpernfächern umrandeten Augen an und nickte. Wild Lincoln Duncan war mittlerweile ein regelmäßiger Freier in ihrer kleinen Kammer neben der Bar des Saloons. Er war kanadischer Herkunft, gutaussehend und achtet mehr auf seinen Körper als viele andere Männer, die Schmerbauch Ansätze hatten und schwammig wirkten.

Der Mann wusste, wie man eine Frau befriedigte und bislang war es ihr leicht gefallen ihr Geld in seinen Armen zu verdienen.

Lorraine ging voraus zu der kleinen Türe der Kammer, die ihr vom Besitzer des bekannten Lokals zur Verfügung gestellt worden war.

Lincoln Duncan, in der Stadt auch bekannt als Wild Linc, kippte rasch den Rest des billigen Whiskeys hinter seine Kehle und beeilte sich ihr zu folgen. Er würde es niemals zugeben, aber Lorraine hatte sein Herz mehr als jeder andere unmoralische Weiberrock im Westen berührt. Und ja, er kannte viele Mädchen ihrer Art. Aber an ihr war etwas, was mysteriös erschien.

Niemand wusste, was sich hinter ihren dunkelgrünen, mandelförmigen Augen abspielte. Sie war definitiv bezaubernd und eine starke, stolze Persönlichkeit, die Männer wie Wild Linc dazu provozierte, sie zähmen zu wollen.

Lange, dunkle Haare mit mahagonibraunen Reflexen fielen in üppigen Wellen über ihre Schultern. Ihre wohlgeformte Figur mit Kurven an den Stellen, an denen Männer sie zu schätzen wussten, vervollständigten ihre beeindruckende Erscheinung.

Viele Männer in Tombstone wollten sie besitzen und einige hatten ihr sogar einen Heiratsantrag gemacht. Bislang hatte sie alle abgelehnt, obwohl dies ein begehrter Ausweg aus der Prostitution war. Die meisten der unmoralischen Frauen wären sofort auf so ein Angebot eines anständigen Mannes angesprungen. Nicht so Lorraine.

Es gab Gerüchte, dass sie bereits viel Geld zusammengespart hatte und sich das Leben einer anständigen Frau der Gesellschaft auch ohne Ehemann leisten könnte.

Sie war als klug bekannt und die Leute erzählten sich, dass sie sogar Anteile an einer kleinen Mine außerhalb der Stadt besaß. Was für ein ungeheuerlicher Gedanke! Eine Frau, die ihre eigenen Minenanteile hatte. Aber man wusste nie, zu was Lorraine Bernard fähig war.

***

Im Halbdunkel des Raums flackerte die Flamme der Petroleumlampe. Das Bett mit seinem geschwungenen Eisenrahmen erschien fast zu klein für Wild Lincs groß gewachsenen Körper. Sie stand vor einem kleinen Schrank gefüllt mit ein paar ihrer eleganten Kleider und schnürte ihr Mieder auf. Ein Hauch ihres Parfums lag in der Luft. Wild Linc spürte wie sein Blut in Wallung geriet und er half ihr rasch aus dem Korsett. Er berührte sie fiebernd.

Ihre natürliche Art auf seinen Körper zu reagieren faszinierte ihn jedes Mal aufs Neue. Fast schien es so, als ob sie die körperliche Liebe genoss, was eine Seltenheit unter den Pionierfrauen war, oder sollte er eher sagen unter Frauen im Allgemeinen?

Als er später endlich von ihrem Körper abließ, hatte er seine Lust mehrmals gestillt. Lorraine wusch sich an der Schüssel voll parfümiertem Wasser, die auf der Kommode stand und zog sich wieder an. Es missfiel ihm, dass er sie bereits wieder verlassen musste. *Ich sollte sie fragen, ob sie mich heiraten will,* dachte er.

Linc war keine freundliche Person, speziell, wenn es darum ging, Dinge zu teilen, die er für sich selbst haben wollte. Der finstere Ausdruck auf seinem Gesicht machte deutlich, dass es ihn von Woche zu Woche mehr störte, dass sie von Männern regelrecht umschwärmt wurde.

Duncan legte die Silbermünzen neben den Wasserkrug, öffnete die Türe und trat aus Lorraines Kammer hinaus zur

Bar. Sofort wurde er vom Lärm der Saloon Mädchen, Spieler und raubeinigen Gästen geschluckt. Die Frau jedoch blieb noch ein Weilchen in ihrem Zimmer und versteckte das Geld in dem Beutel, den sie unter ihren Röcken trug.

Ich spüre rein gar nix, keinen Ekel, kein Verlangen und keine Reue. Sie tat, was sie tun musste und war klug genug die Gunst der Stunde zu nutzen, solange das Schicksal es gut mit ihr meinte und sie mit Reizen gesegnet war.

Eine Stunde später verließ die dunkelhaarige Schönheit den Oriental Saloon und ging durch eine Sternen erleuchtete Nacht zurück zu ihrem kleinen, dennoch sehr hübschen Haus.

Sie trug eine handliche Derringer Pistole unter ihrem Kleid versteckt und würde nicht zögern sie zu benutzen, falls ein Mann sich ihr aufdrängen wollte. Ohne ihr Einverständnis und dementsprechende Bezahlung hatte keiner die Chance sich ihr zu nähern.

Sie war diejenige, die bestimmte und ihre Kunden sehr vorsichtig auswählte und erhielt außergewöhnlich hohe Summen für ihre Dienste. Ja, Lorraine Bernard war der exklusivste, gefallene Engel in der Stadt und bekannt dafür, dass sie ihr Geld genauso rigoros beschützte wie ihr Herz.

KAPITEL DREI

* * *

JESSE ERWACHTE ÜBELLAUNIG UND FÜHLTE SICH WIE GERÄDERT. DA ER NICHTS im Haus hatte, um eine brauchbare Mahlzeit zu kochen, entschloss er sich dazu früher in die Stadt zu reiten, dort zu essen und dann all die Gegenstände zu kaufen, die er brauchen würde, um das Haus zu reparieren.

Er sattelte eines seiner Pferde und ritt nach Tombstone, dessen Straßen schon wieder mit geschäftigen Leuten gefüllt war. „Jesus, ist die Stadt groß! So viele Gebäude", murmelte er. Er hatte eher eine kleine Minenarbeiter Siedlung erwartet.

Im Moment war sein Hunger die erste Priorität. So machte er sich auf den Weg zu einem der kleineren Restaurants, wo er ein herzhaftes Frühstück aus Rühreiern mit knusprigem Speck und einigen Tassen heißen, starken Kaffees zu sich nahm. Mit einem vollen Bauch fühlte er sich schon sehr viel besser und ging schließlich zum Laden des größten Händlers der Stadt.

Er hatte eine lange Einkaufsliste von Dingen, die er dringend benötigte. „Mal überlegen, also ich brauche eine neue Strohmatratze, Werkzeuge und einige Bretter. Oh, und natürlich Feuerholz!" Wie so oft, wenn er sich konzentrierte, murmelte Jesse vor sich hin. Auf seinem Stück Land gab es nicht genügend Bäume, die ihn mit Brennmaterial versorgen könnten. Die Liste der Dinge, die er brauchte, wurde von Minute zu Minute länger.

Während der Ladenbesitzer alles für ihn zusammentrug, betrat eine wunderschöne Frau das Geschäft. Ihr dunkles Haar war in eleganten Locken aufgesteckt. Ein dunkelgrünes, glänzendes Kleid umschmeichelte ihre kurvige Figur. Zwei weitere Frauen standen an einem der Wandregale. Sie flüsterten hinter vorgehaltenen Händen und betrachteten die andere Frau vom Kopf bis Fuß. Der Gesichtsausdruck der beiden war unfreundlich, ihre schmallippigen Lippen zeigten mit einem bitteren Ausdruck nach unten.

Die Lady aber erhellte den Raum mit ihrem strahlenden Lächeln und kümmerte sich gar nicht um die beiden gehässigen Hennen.

Als Jesse seinen Einkauf beendet hatte, packte er einige der Waren in seine staubigen Satteltaschen und versprach dem Ladenbesitzer, dass er den Rest am späteren Nachmittag mit dem Wagen holen würde.

Als er den Laden verließ, ging er an Lorraine, die neben dem Eingang die Auslage der eingemachten Pfirsiche betrachtete, vorbei. Die tratschenden Weiber hinter ihrem Rücken kümmerten die attraktive Frau anscheinend gar nicht. Er tippte an seinen Hut und grüßte sie respektvoll mit seiner leicht rauchigen Stimme. „Ma´am!"

Sie nickte ihm beinahe unmerklich zu und die Augen der beiden trafen sich für einen kurzen Moment. Sie hatte ein sehr attraktives Gesicht. *Oh, was für eine schöne Frau*, dachte Jesse. *Junge, du hast tonnenweise Arbeit, die auf dich wartet. Keine Zeit, den Stadtfrauen hinterher zu schauen,* ermahnte er sich selbst, drehte sich um und ging zu seinem Pferd.

Lorraine bezahlte für ihre Artikel und beobachtete wie der Fremde aus der Stadt ritt. Sie hatte ihn noch nie zuvor gesehen.

"Ich denke früher oder später wird er wieder meinen Weg kreuzen", flüsterte sie.

Jesse arbeitete den ganzen Nachmittag. Nachdem er den Rest seines Einkaufs beim Händler geholt hatte, kümmerte er sich zuerst um sein undichtes Dach. Dann fütterte er seine beiden Pferde und bereitete für sich ein einfaches Essen aus getrocknetem Rindfleisch und Bohnen zu.

Als er so allein dasaß murmelte er, "Ich frage mich, wie es wohl Maggie bei ihren Eltern geht. Jedenfalls ist es auf alle Fälle friedlicher, das Haus allein zu reparieren. Ich vermute mal, sie würde sich bis zum Abschluss der Reparaturen über jedes kleine Detail beschweren."

Er kicherte bei dem Gedanken vor sich hin und stellte sich dabei vor, wie sie die Augenbrauen zusammenziehen und ihren Mund schmallippig zusammenpressen würde, um ihr Missfallen auszudrücken.

Es war schwierig Maggie zufrieden zu stellen. Ihre Eltern hatten sie verdorben und Jesse erschien es oft schier unmöglich ihre Erwartungen zu erfüllen. Manchmal fragte er sich, warum er sich überhaupt für sie entschieden hatte.

Jesse war nicht bewusst, wie attraktiv er auf die Frauen wirkte. Wäre er es gewesen, hätte er vielleicht versucht einer anderen Frau den Hof zu machen. Jemanden, der seine Träume enthusiastischer unterstützt hätte als Maggie.

Jesse war ein fleißiger Mann und konnte fast jede Arbeit ausführen, vom Cowboy bis hin zum Holzfäller, oder wir jetzt plante, die Arbeit als Minenarbeiter. Sein Körper war der muskulöse Beweis, dass er harte Arbeit gewöhnt war.

Seine Beine waren lang und seine dunkelbraunen, welligen Haare berührten seine breiten Schultern. Ja, Jesse war ein äußerst gutaussehender Mann.

Nachdem er sich an dem kleinen Wasserlauf neben dem Haus gewaschen hatte, legte er sich auf seine neue, Stroh gefüllte Matratze und schlief sofort ein. In seinem Schlaf verfolgten ihn aber die Augen der schönen Frau, die er am Morgen im Laden des Kleinwarenhändlers gesehen hatte.

* * *

Lorraine war wieder im Oriental Saloon. Heute war sie nicht im Geringsten an den Männern interessiert, die Lorraine ihr hart verdientes Geld für ein klein wenig weibliche Zärtlichkeit anboten. Sie sang ein paar Lieder und unterhielt sich mit einigen der Gäste, die für ein kühlen Drink oder ein Pokerspiel in den Saloon gekommen waren.

Wie die meisten Etablissements dieser Art war der Oriental immer gut besucht. Er war vierundzwanzig Stunden am Tag geöffnet und das sieben Tage die Woche. Einige der Gäste hatten die Tendenz gewalttätig zu werden, wenn sie zu tief in eine Flasche Whiskey geschaut hatten. Oftmals endeten diese Diskussionen tödlich. Jede Nacht gab es Schlägereien in den Saloons und oft hörte man Schüsse und die Schreie der Prostituierten, die so manchem tödlichen Schusswechsel ausweichen mussten.

Lorraine war als Lady der Nacht eine feste Institution im Oriental Saloon, aber die Männer bekamen ihren wunderschönen Körper nur dann nackt zu Gesicht, wenn sie großzügig dafür bezahlten. Die anderen Frauen ihres Gewerbes hätten genug Grund gehabt sie zu beneiden, denn die Eifersucht regierte das Territorium der gefallenen Engel im Rotlichtdistrikt.

Aber obwohl Lorraine eine Frau mit eisernem Willen

war, hatte sie gleichzeitig doch auch ein gutes Herz. Die anderen Frauen von fragwürdiger Moral schätzten sie dafür sehr, trotz der Tatsache, dass sie eine gefürchtete Konkurrentin war.

Es war ein offenes Geheimnis, dass sie bereits einigen der Frauen in gefährlichen Situationen geholfen hatte. Es gab sogar Gerüchte darüber, dass Lorraine einst einen Mann erstach, um eine andere Prostituierte zu retten, denn jener Freier wollte die Frau erwürgen, nachdem er sie brutal vergewaltigt hatte. Es gab keine Beweise für die Geschichte und der Richter hätte Lorraine sowieso niemals verurteilt. Die ganze Stadt wusste, dass er sie vergötterte und einer ihre hochrangigsten Kunden war. Er bezahlte immer viel Geld, um ihre Dienste als Liebesgöttin in Anspruch nehmen zu dürfen.

Als Lorraine nur wenige Stunden vor Sonnenaufgang nach Hause lief, war sie tief in Gedanken versunken. Sie konnte nicht sagen warum, aber immer wieder verweilten ihre Gedanken bei dem gutaussehenden Fremden, den sie für ein paar Momente beim Händler gesehen hatte. Er hatte sie in freundlicher, respektvoller Art gegrüßt. Lorraine war es eher gewöhnt, dass die Männer sie plump auf direkte Art ansprachen, ganz im Gegensatz zu dem zuvorkommenden Benehmen des fremden Cowboys. Er hatte sie erstaunt und sogar beeindruckt.

KAPITEL VIER

***

JESSE BLIEB DIE NÄCHSTEN TAGE IN SEINEM KLEINEN HAUS. TATSÄCHLICH WAR dieses wie befürchtet nicht in bestem Zustand, aber die Reparaturen schritten gut voran. Die Behausung wirkte bereits heimischer und das Gelände um das kleine Haus war zwischenzeitlich ordentlicher. Er plante ein richtiges Liebesnest daraus zu schaffen und hoffte, dass es Maggie glücklich machen würde und sie sich hier wohlfühlen könne. Allerdings gelang es ihm nicht, die leisen Zweifel darüber abzuschütteln. *Wird sie sich hier wirklich heimisch fühlen,* fragte er sich immer wieder und hoffte, dass er mit der Umsiedlung nach Arizona keinen Fehler gemacht hatte.

Egal wie oft Jesse diesen Gedanken beiseiteschob, Maggie erinnerte ihn dennoch sehr oft an eine verzogene Göre. Natürlich war sie immer nett anzusehen mit ihrem perfekt frisierten, blonden Haar und den schönen Kleidern, die zum größten Teil teure Geschenke ihre Mutter waren. Er stellte oft mit Bedauern fest, dass das Fehlen eines liebevollen Charakters und Engagement in der Ehe nicht mit gutem Aussehen aufzuwiegen waren.

Jesse war sich bewusst, dass er ihr bislang noch nie

teure Dinge hatte kaufen können und es beschämte ihn. *Wenn ich hier das große Glück mache, dann werde ich sie verwöhnen und mit Geschenken überschütten.* Er lächelte bei dem Gedanken. Maggie zu beeindrucken und sie glücklich zu machen waren die beiden Hauptgründe, warum er sich so motiviert auf den Weg nach Arizona gemacht hatte. Er hatte es versprochen und Jesse hielt immer sein Wort. *Ich muss es mir auch selbst beweisen,* dachte er, während er eine weitere verrottete Schindel auf dem Dach ersetzte.

Am Abend beschloss Jesse, dass es an der Zeit war seine Werkzeuge einmal zur Seite zu legen und in die Stadt zu reiten, um sich ein saftiges Steak und vielleicht ein kaltes Bier zu können. Er hatte seit seiner Ankunft wie ein Ochse gearbeitet, und wollte sich nun eine wohlverdiente Pause gönnen.

Nach Einbruch der Dunkelheit war die Hauptstraße überfüllt mit Leuten – Minenarbeiter, Cowboys, käufliche Frauen. Fast schien es, als ob die ganze Bevölkerung der Stadt auf den Straßen unterwegs war. Darunter waren alle Nationen vertreten: Europäer, Chinesen, schwarze Männer und Frauen und sogar ein paar der gefürchteten Apachen.

Jesse ging in ein Restaurant und ließ sich dort ein großes Steak mit frischen Kartoffeln schmecken. Es war eine willkommene Abwechslung zu seiner eigenen Küche, die definitiv nicht extravagant war und ihm bereits auf der langen Reise hierher aus dem Hals gehängt war. Nachdem er seinen Bauch gefüllt hatte, unternahm er einen Verdauungsspaziergang.

Laute Musik und Gelächter drang von der anderen Straßenseite zu ihm herüber. Das Schild über einem hell erleuchteten Gebäude trug den Schriftzug `Bird Cage Theater´. Jesse hatte über dieses Etablissement gehört und er beschloss kurzerhand, sich das Theater genauer anzusehen und sich einen Whiskey zu gönnen. Er trank sehr selten, aber ab und dann konnte ein kleiner Schluck das Cowboy Elixiers nicht schaden.

Er überquerte die staubige Straße und trat durch den Eingang. Auf der linken Seite erblickte er eine schöne Bar, die kunstvoll aus einem massiven Stück Eiche gearbeitet war. Hölzerne Säulen stützten die Regalböden, auf denen viele verführerische Flaschen standen. *Was für eine ungewöhnlich große Auswahl an Getränken es hier doch gibt,* stellte er erstaunt fest.

Im Hintergrund führte eine schlichte Holztreppe auf eine Galerie und er beobachtete Mädchen, die Flaschen alkoholischer Getränke in Weidenkörben nach oben trugen. Ihre Mieder zeigten mehr nackte Haut, als eine anständige Frau jemals in der Öffentlichkeit zur Schau gestellt hätte. Sie lächelten Jesse einladend an, aber er grüßte lediglich mit einem dezenten Nicken zurück, schenkte ihnen aber keine weitere Aufmerksamkeit. Fast lachte er über sich selbst. So wie es schien, war er noch nicht einsam genug, um einer dieser Ladies und ihren charmanten Angeboten auf den Leim zu gehen.

Er nippte genießerisch an seinem Glas Whiskey und entdeckte eine große Bühne und kleine Logen zu beiden Seiten des Theaters. Diese waren gefüllt mit Männern und gefallenen Engeln, die ihre männlichen Gäste unterhielten und wie Honigbienen umschwirrten.

Die Logen waren dekoriert mit bemalten Tapeten und schweren roten Samtvorhängen auf beiden Seiten. Jesse bemerkte, dass bei einigen dieser Logen die Vorhänge zugezogen waren und anhand des hohen Lachens und der männlichen Stimmen war offensichtlich, dass sich hinter den Vorhängen gerade eine ganz andere Art der Unterhaltung abspielte.

"Mann oh Mann, was für ein sündiges Haus", murmelte Jesse und kippte den Rest des Whiskeys runter.

Als er das Bird Cage Theater verließ, vernahm er den Gesang einer angenehmen weiblichen Stimme, die von einem Klavier begleitet wurde. Die fröhliche Melodie kam von der gegenüberliegenden Straßenseite. Die Frau sang ein irisches Volkslied, dass Jesses schon immer sehr gefallen hatte. Er stand auf den verwitterten Bohlen des Gehwegs und lauschte dem Gesang für einen Moment.

Die Musik schien aus dem Oriental Saloon zu kommen und Jesse setzte seinen Fuß auf die Straße, um dort vorbei zu schauen und ein wenig die Musik zu genießen.

Als der attraktive Mann das Lokal betrat traute er kaum seinen Augen, denn er sah die schöne Frau, die er zuvor in dem Laden getroffen hatte. Sie stand neben dem Klavier und sang. Die Sängerin sah in ihrem dunkelroten Kleid aus einem schimmernden Material wunderschön aus. Ihr Mieder war prachtvoll bestickt und betonte ihre schlanke Taille. Ihre cremefarbenen Schultern waren unbedeckt.

Als sie eine melancholische, irische Ballade anstimmte wurde es still in dem Raum. Jesse beobachtete wie viele der anwesenden Männer hypnotisiert auf die Frau starrten. Als sie sich umdrehte und ihn am Eingang entdeckte, suchten ihre Augen seine und zum zweiten Mal hatten sie diesen intensiven Augenkontakt.

Ein Lächeln zeigte sich auf ihren roten Lippen. Er wartete bis sie die Ballade beendet hatte, spendete Applaus und drehte sich dann zur Bar, um sich einen Drink zu bestellen. „Hat Ihnen das Lied nicht gefallen?", fragte eine melodische, angenehme Stimme. Jesse drehte sich um und verschluckte sich fast an seinem Whiskey, denn sie stand direkt neben ihm.

"Oh doch, ich liebe dieses Lied. Aber leider erwartet

mich Morgen wieder jede Menge Arbeit und daher bleibe ich besser nicht zu lange hier. Ich bin nicht für Unterhaltung in die Stadt gekommen, sondern um mich mit einem Steak zu belohnen", fügte er mit einem verschmitzten Lächeln hinzu.

"Tonnenweise Arbeit, hm?"

Sie lächelte ihn strahlend an und Jesse fühlte sich plötzlich unbeholfen.

"Nun ja, das ist wirklich so, Ma'am. Ich muss das Haus reparieren, das ich gekauft habe."

„Ah, dann sind Sie wohl frisch hierhergezogen? Ich vermute mal Sie haben vor, in das Minengeschäft einzusteigen?" Er nickte eifrig.

Sie deutete dem Barkeeper, ihr ebenfalls einen Drink einzuschenken und erhob dann ihr Glas. „Na dann, auf die Glückssträhne!"

Sein Gesicht erhellte sich durch sein charmantes Lausbubenlächeln, welches ihr sehr gefiel. „Auf den Glückstreffer!", antwortete er und sie nahmen beide einen Schluck des goldfarbenen Whiskeys.

"Ich bin für heute fertig mit meiner Arbeit hier. Würde es Ihnen etwas ausmachen, mich nach Hause zu begleiten?"

Er starrte sie überrascht an und zögerte einen Moment. Sie zuckte nur mit den Schultern und drehte sich von ihm weg. Schließlich war sie es gewöhnt manchmal von Leuten zurückgewiesen zu werden.

"Warten Sie! Es war nicht meine Absicht, Sie zu beleidigen, Miss."

"Lorraine, Lorraine Bernard, Mister..." „Jesse, einfach nur Jesse!"

„Gut *einfach nur Jesse*, ich bin nicht beleidigt. Du musst dir keine Sorgen machen. Ich würde niemals versuchen, dich zu einer ungewollten Begegnung zu verführen. Bisher kamen die Männer immer freiwillig zu mir", fügte sie mit einem sarkastischen Lächeln hinzu.

"Es tut mir leid, Ma'am, ich war einfach zu überrascht von dem Angebot. Es wäre mir ein Vergnügen, Sie nach Hause zu eskortieren, Miss Lorraine."

Sie griff nach ihrem warmen Umhang hinter der Bar und sie verließen gemeinsam den Saloon, verfolgt von Wild Lincs wütenden Blicken. Einige Männer runzelten verwundert die Stirn und ihre Blicke bohrten sich in Jesses Rücken.

Jesse führte sein Pferd die Straße entlang und passte seine Schritte an die der hübschen Frauen neben ihm an. Ein Hauch ihres Parfüms erfüllte die nächtliche Luft. Es erinnerte ihn eine an eine Lichtung voller blühender Frühlingsblumen. *Halt dich zurück, Bursche! Vergiss nicht, du bist verheiratet und dies hier ist eine Frau von fragwürdiger Moral,* ermahnte er sich selbst.

Als sie an ihrem Haus ankamen, tippte er respektvoll an den Rand seines Hutes und wünschte ihr eine gute Nacht. Sie nickte. Als Jesse sich umdrehte, um in den Sattel zu steigen, rief sie ihn zurück.

"Jesse, ich möchte dir danken!"

Er winkte beschwichtigend ab. " Ich habe Sie doch nur Nachhause begleitet, das ist doch keine große Sache."

"Nicht dafür, Jesse! Du hast mich im Laden mit Madam angesprochen und heute wieder, obwohl du weißt, wie ich mein Geld verdiene. Ich möchte dir danken, dass du mir trotzdem mit Respekt begegnest. Das ist eine seltene Sache in meinem Gewerbe."

Er betrachtete sie einen Moment schweigend. "Miss Bernard, es ist die Pflicht eines Mannes Frauen zu respektieren. Es steht mir nicht zu, Sie für irgendetwas zu verurteilen."

Sie lächelte.

"Glücklich ist die Frau, die mit dir dein Leben teilt!"

Er lächelte verschmitzt zurück.

"Sagen Sie das einmal meiner Frau Maggie. Sie scheint in letzter Zeit nicht wirklich davon überzeugt zu sein. Vielleicht war sie es auch noch nie", fügte er verbittert hinzu.

Ohne ein weiteres Wort zog er sich in den Sattel, winkte ihr noch einmal zu und ließ die Königin des Oriental Saloons vor ihrer Türe stehen. Sie schaute ihm hinterher und dachte über das, was er gesagt hatte nach. Der Lärm einer Pferdekutsche, die an ihrem Haus vorbeirumpelte, brachte sie zurück in die Realität. Sie entschloss sich dazu, mit dem Mann, der ihre Mine betreute, über Jesse Connor zu sprechen.

KAPITEL FÜNF

***

LORRAINE BERNARDS PARTNER IM MINENGESCHÄFT WAR EIN ÄLTERER MANN namens Cotton Joe. Er verdankte diesen Spitznamen den frisch gewaschen, ausgeblichenen Long John Overalls, die stets an einer Leine hinter seinem Haus hingen. Lorraine hatte bereits einige Wochen bevor sie Jesse getroffen hatte mit Cotton Joe über die Mine gesprochen. Dieser hatte dabei erwähnt, dass er beim Schürfen Hilfe benötigte. *Vielleicht passt dieser junge Bursche ja zu uns*, dachte sie.

Die Mine gehörte tatsächlich ihr, aber sie hatte diese Tatsache nie publik gemacht. Lorraine war schlau genug lieber im Hintergrund zu agieren. Sie benutzt ihren Verstand und ihre Verbindungen, um das bestmögliche im Leben zu erreichen.

Sie hatte Glück mit der kleinen Mine. Nicht nur hatte diese eine produktive Silberader, sondern auch ein Goldvorkommnis, auf das Cotton Joe in einem Seitenschacht gestoßen war. Seiner Meinung nach war dort noch viel mehr davon zu finden. Ihr Grubenfeld war nur wenige Meilen außerhalb Tombstones und stellte keine Konkurrenz zu den großen Minen der Hauptgesellschaften dar.

***

Jesse Connor kam an seinem Adobe Haus an. Er hatte den Abend genossen und seine Gedanken kehrten zu der Frau zurück, die er nach Hause begleitet hatte. Sie passte überhaupt nicht in das typische Bild einer Boomtown Hure und dennoch war sie offensichtlich genau das.

Jesse hatte sich vor Jahren geschworen, niemals Zeit oder Geld für diese Art Frauen zu verschwenden. Bald würde Maggie ihm nach Tombstone folgen und bis dahin würde er seine Einsamkeit aushalten.

Während er wach auf seiner Matratze lag und an die Decke starrte, dachte er über die Arbeit in den Minen nach. Er wusste, es würde Anfangs zu schwer sein ein eigenes Claim abzustecken.

Im fehlten die Kenntnisse über das Schürfen, genauso wie er keine Ahnung über das Beurteilen von Silbererz oder die Gewinnung des Edelmetalls hatte. Ihm fehlten Erfahrungswerte, wie anstrengend die Arbeit untertags wirklich werden würde. Die einzige Möglichkeit, die er im Moment hatte, war in einer der Minengesellschaften angestellt zu werden. Jesse nahm sich vor, sich gleich am nächsten Tag für eine Anstellung in der *Contention Mine* oder der *Good Enough Mine* zu bewerben. Aber jetzt war es an der Zeit mit der Grübelei aufzuhören und etwas Schlaf zu finden. Er hatte einen vollen Bauch und zwei Gläser `abgefüllte Courage´ und die harte Arbeit der letzten Tage forderte schließlich ihren Tribut.

Er schlief tief und fest und hörte nicht einmal die Kojoten. Am folgenden Tag begab sich Jesse früh in die Stadt und hoffte, dass es ihm gelingen würde bei den verantwortlichen Leuten der beiden größten Minen vorsprechen zu können.

Vielleicht konnte ihm wenigstens jemand einen Ratschlag geben, wo er sich als zukünftiger Minenarbeiter eintragen konnte. Er stieg vom Pferd und ging die Hauptstraße entlang. Dabei schaute er kurz zu dem viktorianischen Haus am Ende der Toughnut Street, wo Miss Lorraine Bernard wohnte. Das Haus musste vor kurzem weiß gestrichen worden sein und hatte neue, grüne Fensterrahmen. Es war ein charmantes, kleines Häuschen. Die Blumen im Garten trugen zu dem gepflegten Aussehen bei und hießen die Morgensonne mit ihren gestreckten Blütenköpfen willkommen. Jesse wunderte sich, ob sie den Männern auch in ihrem Haus für Liebesdienste zur Verfügung stand. Oder war es ihr Zufluchtsort?

"Verflucht, das geht dich doch gar nichts an", murmelte er leise vor sich hin und ärgerte sich darüber, dass er sich so für sie interessierte.

"Aha, und was genau geht dich nichts an, *Mister nur Jesse?*"

Ihre melodische Stimme erklang direkt hinter ihm. Er wirbelte herum und errötete dabei. Sie stand direkt vor ihm, gekleidet in einem rauchgrauen Kleid und trug eine große Stofftasche unter ihrem Arm. Ihr Haar war auf eine Art und Weise geflochten, wie er es noch nie zuvor gesehen hatte und wirkte dabei wie eine Krone.

Trotz der warmen Morgensonne wirkte sie frisch wie ein kühler Frühlingstag. „Guten Morgen, Miss Lorraine!"

Er hatte ihre Frage nicht beantwortet, aber sie ließ ihn nicht so schnell vom Haken und wartete darauf, dass er ihr erklärte was er gemeint hatte. Er schaute verlegen nach unten auf seine staubigen Stiefel und murmelte: „Ich habe mich gefragt, ob Sie allein wohnen dort drüben." Er zeigte dabei mit seinem Kinn Richtung Haus.

Sie lächelte und spürte, dass er versuchte sich aus der

Affäre herauszuwinden. Er hatte ihr mit Sicherheit nicht die ganze Wahrheit gesagt. Lorraine konnte besser als die meisten ihre Mitmenschen durchschauen.

Es ist nie leicht etwas vor einer Frau zu verheimlichen, grübelte Jesse, während er betreten neben ihr stand.

"Hättest du Lust mit mir zu frühstücken? Ich habe frische Gebäckstückchen, Brötchen und starken Kaffee." Die Frage war aus heiterem Himmel gekommen und er starrte sie erstaunt an. „Um ehrlich zu sein, hatte ich gehofft jemand von den Minen Gesellschaften zu finden, um mich für eine Anstellung dort zu bewerben."

Er stand vor ihr, seinen Hut in der Hand und war nervös wie ein kleiner Schuljunge.

„Oh, das nenne ich mal einen glücklichen Zufall." Sie lachte und er schaute sie verwirrt an.

"Zufälligerweise suche ich nämlich gerade eine Hilfskraft für meinen Partner Cotton Joe und unsere kleinen Mine etwas außerhalb der Stadt in der Nähe von Fairbanks. Es wird langsam zu viel Arbeit für ihn allein. Falls du interessiert wärst bin ich Willens dir mehr zu bezahlen, als dir die Leute der großen Mine geben würden."

Er stand da und konnte nicht glauben was er da hörte. „Moment mal, wollen Sie damit behaupten, dass Sie eine Mine besitzen?"

Ihr Gesicht nahm einen amüsierten Ausdruck an und in ihre Augen hatte sich ein schelmisches Glitzern gestohlen.

"Komm rein, lass uns beim Frühstück weiterreden!" Sie wartete nicht mal seine Antwort ab, sondern drehte sich einfach um und lief auf ihr Haus zu, denn sie war sich sicher, dass er folgen würde.

Jesse schüttelte den Kopf, aber folgte ihr. Ihm war bewusst, dass einige Leute ihnen beiden von der anderen Straßenseite hinterherblickten und fühlte sich etwas unwohl dabei.

Die mysteriöse Lady hielt die Türe für ihn auf und lud ihn mit einer Geste in ihr Haus ein. Dieses war elegant möbliert und zeugte vom exquisiten Geschmack einer gebildeten Frau der oberen Gesellschaftsschicht. Jesse war sehr beeindruckt und wagte es nicht, sich auf das teure Mobiliar zu sitzen, ohne dazu aufgefordert zu werden.

"Ich komme aus einer sehr gebildeten Familie, Jesse. Mein Vater ist ein erfolgreicher Arzt drüben an der Ostküste." Sie runzelte leicht ihre Stirn. „Aber nichts von all dem was du hier siehst wurde mir geschenkt. Als ich anfing an Theatern aufzutreten und für eine Zirkustruppe zu arbeiten, hat sich meine Familie von mir abgewandt.

Ich habe jeden einzelnen Penny, um mir all dies kaufen zu können selbst verdient und nein, ich habe dies nicht nur durch das Gewerbe der käuflichen Liebe erreicht."

Jesse war peinlich berührt. *Ist es so einfach, meine Gedanken zu lesen,* fragte er sich im Stillen entsetzt. Er spürte wie seine Wangen abermals erröteten.

"Setz dich hin und mach es dir bequem! Ich brühe uns eine Kanne frischen Kaffee auf." Nur kurze Zeit danach erfüllte das leckere Aroma von Spiegeleiern mit brutzelndem Speck das Haus und Jesse lachte als er das laute Knurren seines Magens vernahm. Sie servierte ihm ein wunderbares Frühstück und der Kaffee war stark und heiß, genauso wie er ihn liebte.

Zum Glück gesellte sie sich beim Essen zu ihm und schließlich fühlte er sich nicht mehr ganz so unbeholfen. „Also, was denkst du über meine Angebot?" Sie studierte ihn dabei über den Rand ihrer Kaffeetasse hinweg. Er betrachtete sie einen Moment und wusste, dass es möglicherweise riskant wäre für diese außergewöhnliche und sehr verführerische Frau zu arbeiten.

Aber Jesse war schon immer ein Mann gewesen, der nie davor zurückschreckte, Risiken einzugehen und schließlich offerierte sie ihm einen Start im Minengeschäft. Also nickte er bedächtig.

"Dieselbe Bezahlung wie in einer der großen Minen, haben Sie gesagt?" Sie nickte.

"Jesse, ich kann es mir sogar leisten bessere Löhne im Vergleich zu den großen Gesellschaften zu bezahlen, aber dafür muss ich auch absolut vertrauenswürdige, zuverlässige Leute um mich herumhaben. Die Gründe dafür verstehst du sicher. Deshalb habe ich dich gewählt."

"Aber Sie kennen mich doch gar nicht! Sie wissen nichts von mir", warf er ein. „Sie wissen nicht einmal meinen vollen Namen! Ich heiße Jesse Connor!" Sie nickte und reichte ihm die Hand und stellte sich nochmals offiziell vor. "Lorraine Bernard, nenne mich bitte Lorraine!" Er nahm sanft ihre Hand aber ihr Griff war überraschend beherzt. Sie blickte ihm offen, aber mit ernstem Ausdruck ins Gesicht.

"Es stimmt, dass ich dich noch nicht näher kenne, aber glaube mir, ich habe gelernt die Menschen zu durchschauen. Hier ist mein Angebot: Ich werde dir fünfundzwanzig Dollar die Woche bezahlen. Das ist gut und gerne sieben Dollar mehr als du zum Beispiel in der Contention Mine bekommen würdest. Außerdem erhältst du zwei Prozent Anteil am Ertrag von allem, was du aus dem Boden holst. Es ist eine Art Erfolgsprämie." Jesse verschluckte sich prompt an seinem Kaffee.

Heiliges Kanonenrohr, das ist weit mehr als ich für den Anfang in Tombstone erhofft habe.

War das Angebot wirklich echt oder band sie ihm einen Bären auf? Als er sich aber in dem Wohnzimmer umsah, fing er an ihren Worten Glauben zu schenken. Sie schien es sich leisten zu können ihn gut zu bezahlen.

Jesse setzte die warme Tasse ab und schüttelte abermals ihre Hand. „Ich würde sagen, wir haben einen Deal, Miss Lorraine."

Sie lächelte und schenkte ihm Kaffee nach. Komischerweise machte ihm die Tatsache, dass sie keine Frau von sittsamer Tugend war nicht das Geringste aus. Alles was er wahr nahm, war das Lorraine nicht nur außergewöhnlich und sehr attraktiv war, sondern ihm die dringend benötigte Chance in dieser Stadt bot.

Als Jesse ihr Haus verließ war er bester Laune. Er würde genug verdienen, um Maggie sehr viel schneller als ursprünglich angenommen nach Tombstone holen zu können.

Er überquerte die Straße, bemerkte dabei aber nicht, dass Wild Linc Duncan, der vor einem Opium Zelt stand, ihn beobachtete.

Die Augen des Spielers glitzerten gefährlich und hasserfühlt. Er drehte sich um, blickte kurz zu Lorraines Haus hinüber und ging dann auf einen der Saloons der Allen Street zu. Er war gefährlich, wenn er schlechte Laune hatte. Wild Linc strich kurzerhand das geplante Frühstück und ersetzte es mit einer Flasche Whiskey.

KAPITEL SECHS

***

LORRAINE RÄUMTE DEN TISCH AB. SIE WAR ZUFRIEDEN, WIE DAS GESPRÄCH über den angebotenen Job verlaufen war und mochte Jesse Connor auf Anhieb. Sie schätzte ihn als fleißigen Mann ein. Immerhin hatte er sich von Anfang an den wichtigen Reparaturen am Haus verschrieben, wo so manch anderer sich erst einmal in den Saloons herumtreiben würde. Außerdem behandelte er sie vom ersten Zusammentreffen an mit Respekt.

Bislang hatte er nicht versucht sich ihr als Kunde zu nähern und sie schätzte ihn dafür sehr. Dennoch musste sie zugeben, dass er ein sehr attraktiver Kerl war - attraktiv in vielerlei Hinsicht.

Lorraine verließ das Haus, um mit Cotton Joe über ihren neuen Angestellten zu sprechen und ihm mitzuteilen, dass Jesse bereits diese Woche anfangen konnte. Geld war kein Problem für sie und sie hatte gespürt, dass der junge Mann ein regelmäßiges Einkommen dringend brauchen könnte. Je früher desto besser für ihn.

Cotton Joe machte sich gerade bereit zur Mine aufzubrechen, nachdem er all seine Hausarbeiten in seiner

Blockhütte erledigt und ein paar Waren beim Händler in der Stadt gekauft hatte. Er begrüßte seine Arbeitgeberin mit einem freundlichen Lächeln. Joe mochte die Frau sehr und sah in ihr nie ein leichtes Mädchen, sondern seine Geschäftspartnerin. Natürlich besaß sie den weitaus größeren Anteil an der Mine.

Sie war klug, schön und gleichzeitig ein fairer Partner. Aber noch viel mehr hatte Lorraine Bernard bewiesen, dass sie eine der zuverlässigsten Freundinnen war, die ein Mensch in dieser rauen und gefährlichen Stadt haben konnte. Sie hatte ihm geholfen dem tödlichen Einfluss der Whiskeyflasche zu entkommen und ihm die Chance geboten, neu anzufangen. Niemand sonst hatte zu jenem Zeitpunkt an ihn geglaubt.

Joe winkte ihr und wartete bis sie ihn erreicht hatte. Er liebte es, sie beim Laufen zu betrachten. Die Frau war geschäftstüchtig und selbstbewusst und beides zeigte sich in ihrem zügigen Gang.

"Guten Morgen, Joe!"

"Howdy, Lorraine! Was für ein wunderschöner Tag, nicht wahr?"

Sie nickte und beide betrachteten einen Moment den strahlend blauen Himmel und die paar bauschigen Wolken, die träge dahinzogen.

„Joe, ich wollte dich nur rasch darüber informieren, dass ich einen Mitarbeiter eingestellt habe. Netter Kerl! Jung und fleißig und anscheinend harte Arbeit gewohnt, wenn man seine Muskeln richtig beurteilt. Sein Name ist Jesse Connor."

Joe zwinkerte ihr zu, aber sie schüttelte den Kopf. „Nein, er ist kein Freier von mir. Er ist anders als die anderen Männer." Joe nickte verständnisvoll.

"Du hast mir eine Chance gegeben also vermute ich mal,

dass er auch eine verdient hat. Schicke ihn übermorgen zu meinem Haus rüber. Ich werde ihm die Mine zeigen und alles beibringen, was er wissen muss. Du kannst dich auf mich verlassen. Er kann damit anfangen im Hauptschacht nach Silber zu graben. Ich vermute es ist in deinem Interesse, dass ich ihm die Goldader erst zeige, wenn wir ihn besser kennen?"

Lorraine nickte und bestätigte: „da hast du vollkommen recht. Erzähl ihm noch nichts davon! Wir müssen ihm erst besser vertrauen können, bevor wir die Karten auf den Tisch legen und zugeben, dass unsere kleine, einfache Mine mehr als Silber für uns bereithält."

Joe tippte zum Gruß an seinen Hut und wünschte Lorraine einen schönen Tag. Er gab es nicht offen zu, aber er war froh darüber, dass sie ihm vorab über den neuen Mann Bescheid gegeben hatte. Cotton Joe besaß nur zwanzig Prozent der Mine und hatte somit keine Entscheidungsgewalt. Sie konnte einstellen, wen sie wollte, aber offensichtlich zählte Joes Meinung für Lorraine und das trotz seiner Vergangenheit als berüchtigter Trinker. Er fühlte sich geehrt, dass sie ihn mit einbezogen hatte.

Lorraine verurteilte die Menschen nie nach äußeren Umständen, sondern versuchte immer ihr Bestes, um unliebsame Situationen im Leben zu etwas Besseren zu wandeln. Lorraine glaubte an das Gute in den Menschen.

Cotton Joe wusste, dass viele der sogenannten respektablen Bürger die Frau wegen ihrem unmoralischen Gewerbe mieden. Er hatte oft die Lästereien der verheirateten Frauen von Tombstone mitbekommen. „Verdammte Narren, ihr habt ja keine Ahnung, was für eine wunderbare Freundin ihr alle in eurem Leben verpasst", murmelte er wütend in seinen roten Bart.

Er wusste aus eigener Erfahrung, was für ein wertvoller

Mensch Lorraine war und er hätte Himmel und Hölle für sie in Bewegung gesetzt. Lorraine Bernard hatte ihm das Leben gerettet und noch mehr, sie hatte ihm das beste Leben ermöglicht, nachdem er dem Alkohol Lebewohl gesagt hatte. Dank ihr hatte er mehr erreicht, als er sich jemals hätte erträumen können.

Lorraine lief zurück zu ihrem Haus. Sie ging so zügig, dass der Staub bei jedem Schritt um den Saum ihres langen Rockes hochwirbelte. Sie würde heute auf ihren Anteil des nächtlichen Entertainments verzichteten und stattessen am Nachmittag in eines der besseren Restaurants der Stadt gehen.

Sie gönnte sich ein saftiges Steak mit frischem Gemüse. Manchmal war es vernünftiger die Saloons der Allen Street zu meiden. Auch den Oriental Saloon. Sie nahm sich den Abend frei, weil sie es sich schlichtweg leisten konnte.

Manchmal verwöhnte sich Lorraine selbst mit Abenden der Zurückgezogenheit in ihrem exquisit möblierten Haus. Sie lass ständig Bücher, um ihre Allgemeinbildung noch mehr auszubauen. Lorraine war vertieft in ein Buch über neue europäische Schürfer- und Silberbergbau Methoden, als der typische Lärm der randalierenden Gäste von Saloons und Bordellen zu ihr herüberschallte.

Nein, für kein Geld und Silber der Welt würde ich heute den Frieden meines Zuhause verlassen.

Ein paar Meilen außerhalb der Stadt lag Jesse Connor wach in seinem Haus und dachte über das außergewöhnliche Glück nach, das ihm heute widerfahren war. Er hatte bereits viel am Haus gemacht und ein fantastisches Jobangebot in der Tasche, welches mehr regelmäßiges Einkommen versprach, wie er es sich je erhofft hatte. Und was noch besser war, er hatte all das in nur wenigen Tagen erreicht.

Es sah so aus, als ob seine Glückssträhne in Tombstone bereits angefangen hätte. Er betete, dass ihm Fortuna für eine ganze Weile beistehen würde.

Aber Jesse war realistisch genug und wusste, dass ein Schürfer Camp wie Tombstone auch Diebe, Revolverhelden und andere Banditen anlockte und er schwor sich immer auf der Hut zu sein. Jesse hatte bereits den ein oder anderen verdächtigen Charakter in den Straßen der Stadt wahrgenommen.

Am nächsten Tag musste er noch ein paar Baumaterialien und zusätzliche Nägel besorgen, aber bevor er den Händler aufsuchte, ging er zu Lorraines Haus und klopfte an die weiß gestrichene Türe. Er wartete einen Moment, aber niemand öffnete. Er drehte sich um und führte sein Pferd an den Zügeln die Straße entlang. Kaum war er in dem Laden, staunte er zum wiederholten Mal über die Auswahl der angebotenen Ware. Alles waren ordentlich in den Regalen eingeräumt.

Er suchte alles Nötige zusammen und wählte auch drei frische Äpfel aus einem Korb aus. Jesse musste sein Geld mit Bedacht ausgeben und freute sich wie ein Kind unter dem Weihnachtsbaum darauf, die süßen Äpfel zu genießen. Sie waren für ihn eine seltene Delikatesse und teuer. Es schien ihm Ewigkeiten her zu sein, seit er den letzten reifen, rot glänzenden Apfel gegessen hatte. Er polierte einen an der Vorderseite seines Hemdes und wollte gerade herzhaft reinbeißen.

"Ein Apfel pro Tag hält den Doktor fern."

Er hätte ihre sanfte Stimme überall erkannt. Er drehte sich um und blickte direkt in Lorraines schöne Gesichtszüge.

Er bezahlte rasch für seine Waren und sie führte ihn zügig aus dem Laden. Draußen deutete sie zu einem Haus am Ende der Straße.

"Cotton Joe, der Mann, der für mich die Mine bewirtschaftet, wohnt dort drüben. Ich habe ihn informiert, dass du unser neuer Minenarbeiter bist und wenn du willst kannst du bereits morgen anfangen. Geh zu seinem Haus und treffe dich dort mit ihm nach Sonnenaufgang. Joe wird dich mit zur Mine nehmen und dir alles erklären was du wissen musst. Was sagst du dazu?"

Sein Lächeln wurde immer breiter, bis es schließlich das ganze Gesicht erhellte. "Oh, Miss Lorraine, wie wundervoll! Ich wollte Ihnen vorhin einen Besuch abstatten und fragen, wann ich wohl anfangen könnte. Das heißt ja, dass ich mein erstes Geld schon Ende dieser Woche verdienen kann. Das ist wirklich sehr großzügig von Ihnen. Das ist eine große Erleichterung für mich, denn ich hatte einige Ausgaben wegen den ganzen Waren, die ich für den Neuanfang hier kaufen musste. Großartig! Ich möchte ihnen von ganzem Herzen dafür danken." Sie lächelte ihn an und winkte ab.

"Ich bezahle das Geld nicht fürs Nichtstuns. Die Arbeit in der Mine ist sehr anstrengend und ich erwarte viel von meinen Angestellten, aber ich bin auch bereit den Ertrag dieser harten Arbeit ehrlich mit euch zu teilen.

Ich wünsche dir einen großartigen Anfang morgen! Oh, bevor ich es vergesse, eines der Kochzelte liefert jeden Tag das Mittagessen. Du brauchst dir also keine Gedanken darüber zu machen Proviant einzupacken. Ich sorge auf diese Art dafür, dass mein Freund Joe vernünftig isst."

Er blickte sie verdutzt an, aber sie lachte nur. „Nun, es ist allgemein bekannt, dass gutes Essen den Körper für anstrengende Arbeit stärken kann. Es ist also in meinem eigenen Interesse, dass du und Cotton Joe euch vernünftig ernährt. Je besser deine körperliche Verfassung ist, umso erfolgreicher gräbst du dich durch die Tunnel, richtig?"

"Jawoll, Ma'am!"

Sie drehte sich um und winkte ihm zum Abschied nochmal zu. Er biss herzhaft in einen seiner schmackhaften Äpfel und grinste dabei wie ein glücklicher Junge. Jetzt war er froh, dass er die Früchte gekauft hatte, obwohl diese Belohnung normalerweise außerhalb seines knappen Budgets lag. *Wie glücklich dieser Mann doch über einen einfachen Apfel ist*, wunderte sich Lorraine.

Jessy war definitiv ein bescheidener Mann. Sie hoffte er würde es bleiben, denn Lorraine hatte schon zu oft gesehen, wie ein steigendes Einkommen den Charakter von Männern verdorben hatte.

Die Gier war eine der Krankheiten, die jedes Schürfer Camp im Westen heimsuchte und sie war oftmals Zeuge gewesen wie zahlreiche Männer wegen ihrer Habgier ihr Leben in den Pionierstädten verloren hatten.

KAPITEL SIEBEN

* * *

ALS JESSE ZUHAUSE ANKAM, WAR ES IMMER NOCH FRÜH GENUG, UM AN DEN Reparaturen des Pferches für die Pferde weiter zu machen. Er wollte auch einen kleinen Unterstand für die Tiere bauen, damit die beiden Schutz vor der sengenden Sommersonne haben würden. Er hatte schon immer ein großes Herz für Tiere gehabt und behandelte sie sehr gut.

Jesse arbeitete mit freiem Oberkörper in der Sonne und hatte bereits sechs kräftige, gegabelte Äste gerichtet. Es war unheimlich anstrengend Löcher in den Boden zu graben, denn der Wüstengrund war wie festgebacken. Die Erde war steinhart und gab kaum nach. Der junge Mann überlegte, wie schwer es erst sein musste in einem Minenschacht dutzende Meter unter der Oberfläche zu graben.

Als die Hauptstützpfosten aufgerichtet waren fügte er eine gitterartige Dachkonstruktion aus quer verlegten Ästen hinzu. Er schnitt verschiedene Zweige von den Büschen in der Nähe des Hauses zu und legte sie dicht verwoben auf die Dachkonstruktion. Dann band er sie mit Hilfe einer stabilen Sisalschnur auf dem Gitterrahmen fest, sodass die Konstruktion auch einen kräftigeren Windstoß überstehen würde. Die beiden Pferde trotteten neugierig näher, um zu begutachten, was ihr Besitzer da wunderliches trieb.

Jesses kastanienbraune Stute wieherte ihn leise an und leckte dann über seine verschwitzte, salzige Haut. Er lachte, denn es kitzelte und er kratzte sie ein paar Minuten hinter dem Ohr. Natürlich wollte sein Wallach ebenfalls seine Streicheleinheiten, also kraulte Jesse ihn ebenfalls für einen Moment. Kleine Staubwolken stiegen von ihrem schmutzigen Fell auf.

Kurz darauf wandte Jesse sich wieder seiner Arbeit zu und wurde mit dem Unterstand knapp vor Sonnenuntergang fertig. Er bewunderte die prächtigen Farben der Abenddämmerung von seiner kleinen Veranda aus und trank dabei kühles Wasser aus einem alten Blechbecher.

Nachdem er sich am Bachlauf gewaschen hatte, fütterte er die Pferde und bereitete sich dann einen Eintopf aus den Resten des Vortags zu.

"Ein Restaurant liefert das Mittagessen zur Mine." Lorraines Stimme klang in Jesses Erinnerung nach und er schüttelte den Kopf. Er war dieser Frau sehr dankbar, obwohl er sie kaum kannte.

Der gutaussehende Abenteurer hatte nach wie vor Bedenken aus diesem Traum aufzuwachen und dass die Vision eines ordentlichen Verdienstes und bezahltes Mittagessen jederzeit wie eine Seifenblase platzen könnte.

So lag er noch eine ganze Weile aufgeregt wach. Er war mehr als bereit, die neue Arbeit und sein zukünftiges Leben in Angriff zu nehmen und hatte sich fest vorgenommen, beides so gut wie möglich zu machen. Schließlich hing seine eigene Zukunft und die seiner Ehe davon ab.

Er wachte noch vor dem Morgengrauen auf und zog sich rasch an. Auf dem Ritt in die Stadt kaute er auf einem Stück Trockenfleisch und einer Scheibe Brot. Ein Teil der

Bewohner schlief noch immer, aber auf der Allen Street waren schon wieder viele Leute unterwegs und die es herrschte geschäftiger Lärm.

Ein Tumult lenkte Jesse ab. Zwei Männer waren in einen Streit verwickelt und stolperten von den hölzernen Bohlen des Gehwegs vor einem der zahlreichen Saloons mitten in die staubige Straße. Es dauerte nur wenige Momente, bis einer der beiden Kontrahenten seine Pistole aus dem Halfter zog und seinem Gegenüber in den Unterleib schoss. Alles geschah in Sekundenbruchteilen.

Jesses Pferd bäumte sich erschrocken über den plötzlichen Schuss und das Geschrei auf und er brauchte einen Moment, bis er das nervöse Tier wieder beruhigt hatte. Er hielt die Zügel straff und lehnte sich im Sattel leicht nach vorne, um nicht abgeworfen zu werden.

Eine Menschenmenge hatte sich um die Leiche auf der Straße versammelt und einige der Männer zogen den schießwütigen Kerl Richtung Büro des Marshals. Nun verstand Jesse, warum Tombstone als Stadt, die einen Mann zum Frühstück verschlang, bekannt geworden war. Es schien hier einfacher zu sein wegen eines schlichten Streits getötet zu werden, als auf der Suche nach Silber ums Leben zu kommen. Die Leute bevorzugten es wohl gleich zur Waffe zu greifen, anstatt die Dinge auszudiskutieren und einige der Bewohner von Tombstone neigten offensichtlich zum Jähzorn. Jesse schüttelte angewidert seinen Kopf als er den großen Blutfleck auf der Straße sah.

Nun, auf ihn wartete Arbeit, und so ritt er zu Cotton Joes Haus, wo er den Mann bereits auf der Veranda stehen sah. Jesse tippte zum Gruß an seinen Hut, stieg aus dem Sattel und hielt die Zügel fest. "Mister Cotton Joe?"

"Ja, das bin ich, aber lass den Mister weg und nenn mich einfach Joe. Du musst Jesse Connor sein, richtig?"

"Jawoll Sir, ich bin Jesse!"

Cotton Joe schüttelte Jesse mit überraschend starken Griff die Hand. Sein Körper war drahtig und mit Muskeln bepackt. Jesse musterte seinen zukünftigen Vorarbeiter verstohlen. Er schätzte Joe auf Anfang fünfzig. Er hatte ein Wetter gegerbtes Gesicht und blass-blaue Augen. Wegen der roten Haare und Bart vermutete Jesse, dass der Mann irischer Herkunft war.

Der erfahrene Minenschürfer deutete rüber zu der Stelle, wo der Kampf stattgefunden hatte. „Was ist passiert? Hast Du etwas gesehen?"

Jesse nickte. „Zwei Männer sind in einen Streit geraten und einer hat den anderen erschossen. Wahrscheinlich hat derjenige gedacht, dass genug geredet wurde. Ich glaube sie haben den schießwütigen Typen in die Zelle des Marshals geworfen."

Cotton Joe schüttelte verachtend den Kopf. "Diese Stadt wird von Tag zu Tag verrückter. Sobald sich die Leute mit Whiskey volllaufen lassen oder sich zu viel in den Opiumzelten der Chinesen rumtreiben werden sie unberechenbar. Besonders wenn sie Pech beim Schürfen oder Spielen hatten sind sie mit Vorsicht zu genießen. Nimm dich vor solchen Männern in Acht! Das Leben ist hier nicht einmal einen angelaufenen Nickel wert. Die Leute zögern keine Sekunde einen anständigen Mann aus einem lächerlichen Grund zu töten. Ich sag dir, es braucht meistens gar nicht viel. Jesse nickte. „Zum Glück leb ich etwas außerhalb der Stadt."

"Kluge Entscheidung!" Cotton Joe lächelte ihn an. „Okay, Junge, wir sollten uns auf den Weg machen. Wir werden den Wagen nehmen! Du kannst dein Pferd hinten an der Klappe anbinden. Wir brauchen ungefähr eine halbe Stunde raus zu Mine. In Zukunft kannst du deine Stute tagsüber in meinem Pferch zurücklassen, bis wir am Abend zurückkommen."

Jesse knotete die Zügel an die Klappe des Planwagens und kletterte auf dem Kutschbock. Cotton Joe stieß einen Pfiff aus und seine beiden Maultiere lehnten sich in das Geschirr und schon rumpelten sie die Straße entlang.

„Warum nennen die Leute dich Cotton Joe?"

Jesse wartete auf eine Antwort und nach einer kurzen Pause deutete Cotton Joe zurück zur Rückseite seines Hauses. Long John Unterwäsche Overalls jeglicher Schattierung von ausgeblichenem rosa bis hin zu dunkelrot hingen an einer Wäscheleine und trockneten in der Morgensonne. Jesse lachte laut auf und Cotton Joe tat es ihm gleich. Die beiden Männer mochten sich auf Anhieb.

"Ich hoffe du warst damit einverstanden, dass Miss Bernard mich eingestellt hat?"

Cotton Joe schaute den jüngeren Mann neben sich an. „Ich habe keinen Grund ihre Entscheidung in Frage zu stellen. Sie durchschaut die Leute sehr schnell. Wenn sie an dich glaubt, dann tue ich das auch."

Jesse war überrascht, dass Cotton Joe Lorraines Entscheidung so sehr vertraute. Es war selten der Fall, dass ein Mann auf den Geschäftssinn einer Frau vertraute, speziell in den Pionierstädten. Den Frauen waren Aufgaben wie die Kindererziehung, Schule unterrichten oder eben auch die moralisch verwerfliche Arbeit in einem Saloon bestimmt. Zweifelsohne war dies ein raues Land und die Pionier Frauen mussten stark sein. Oftmals unterschätzten die Männer diese Stärke.

Cotton Joe spürte das Erstaunen seines neuen Mitarbeiters. „Lass mich dir etwas über Miss Bernard erzählen. Ich halte nichts von Tratsch. Sie ist eine großartige Frau trotz ihrer Tätigkeit als käufliche Liebesdienerin. Sie ist klug und sie weiß mehr darüber, wie man eine erfolgreiche Mine führt, als die meisten dieser Narren in Tombstone. Lorraine ist so dickköpfig wie das Muli eines Farmers, aber sie weiß ganz genau was sie tut. Ich bewundere sie sehr und Nein, mein Sohn, ich habe nie mit ihr geschlafen, weder privat noch als ihr Kunde, nur für den Fall, dass dich diese Frage beschäftigt."

Cotton Joe musterte Jesse durchdringend und der jüngere Kerl neben ihm errötete wie ein Junge in der Sonntagsschule. „Ich wollte nicht den Eindruck erwecken, dass ich ihre Entscheidung bezweifle, geschweige denn wollte ich neugierig erscheinen", entschuldigte er sich bei Cotton Joe, aber dieser winkte beschwichtigend ab.

"Ist schon in Ordnung, junger Mann. Die Leute haben einfach keine Ahnung wer und wie Lorraine wirklich ist. Du hast wirklich Glück, dass du diesen Job bekommen hast. Sie ist sehr wählerisch und sie bezahlt diejenigen, die ihr gegenüber loyal sind, sehr gut."

Jesse nickte und berichtete Cotton Joe, wie überrascht er von ihrem Angebot und der großzügigen Bezahlung gewesen war.

Die beiden Männer kamen an der Mine an. Der ältere Joe deutet auf das Gitter, welches den Eingang schützte.

"Jesse, schließ das Tor auf, damit ich den Planwagen in den eingezäunten Bereich fahren kann! Wir sollten das Gitter immer hinter uns schließen, wenn wir untertags arbeiten. Man weiß nie, wer sich hier hereinschleicht, wenn man es am wenigsten erwartet."

Jesse sprang vom Kutschbock herunter und öffnete das Vorhängeschloss, dass die Eisenkette zusammenhielt. Er trat zur Seite und warte darauf, dass der Wagen und seine Stute an ihm vorüberzogen. Dann schob er das schwere Metalltor wieder zu und ließ das Vorhängeschloss einrasten. Er bemerkte einen kleinen Schuppen auf der linken Seite und einen großen, schattigen Unterstand, der im Stil eines offenen Apachen Wickiup gebaut war. Rechts von ihm befand sich ein Segeltuchzelt und eine Feuerstelle.

"Dieser Unterstand spendet den Maultieren und deinem Pferd Schatten und das Zelt dort drüben ist für uns gedacht. Wenn es aber zu heiß ist können wir auch unter dem Unterstand essen."

"Der Boss hat mir von den Essenlieferungen erzählt und ich konnte es zuerst gar nicht glauben."

"Jesse, sie behandelt mich sehr gut und sie wird auch dich nett behandeln. Warts nur ab, dann wirst du schon sehen. Aber nun ist es an der Zeit, dass wir mit der Arbeit beginnen. Lass uns die Maultiere ausspannen und dann zeige ich dir deine Werkzeuge. Hinter diesem Hügel ist ein kleiner Bach, wo wir die Tiere tränken können und uns selbst erfrischen, wenn wir eine kleine Abkühlung brauchen."

Cotton Joe erklärte ihm, wo er den kleinen Kerzenhalter am sinnvollsten im Schacht platzierte, damit die Kerze genügend Licht spendete, solange man untertags arbeitete. Die Flamme würde ihn auch schneller auf einen möglichen Sauerstoffmangel aufmerksam machen, ganz im Gegensatz zu einer Petroleumlampe.

Joe reichte seinem neuen Mitarbeiter den Hammer und den Meißel und zeigte Jesse, wie er am effizientesten beides benutzen konnte, ohne seine Armmuskeln zu rasch zu ermüden.

"Du wirst die ersten paar Tage nicht verhindern können, dass du Blasen an den Händen bekommst, aber ich habe Meeressalz in meinem Haus. Darin kannst du deine Hände baden. Das wird sie schneller heilen lassen, als ein Kojote einen Hasen jagen kann. Wenn du erst mal an die Arbeit gewöhnt bist bekommst du Hornhaut an deinen Händen und deine Muskeln werden sich an das stundenlange Meißeln gewöhnen. Diese Arbeit ist wirklich hart für deinen Rücken, denn wir verbringen einen großen Teil des Tages in gebeugter Position. Vielleicht gönnst du dir ab und zu eine Massage im Stadtteil, den wir *Hop Town* nennen. China Mary kann dir alles besorgen was du dir nur wünscht."

Jesse schaute den Mann verdutzt an. „Warum nennt ihr diesen Stadtteil von Tombstone *Hop Town*?"

"Ach, das ist ein Spitznamen, weil dort fast die gesamte chinesische Bevölkerung von Cochise County wohnt. `Hops´ ist das Umgangswort für das Opium, welches du dort in den Zelten rauchen kannst."

Cotton Joe lachte sein dröhnendes, irisches Lachen und klopfte Jesse dabei amüsiert auf die Schulter. Nachdem sie all ihre Werkzeuge in Körbe gepackt hatten kletterten sie die lange Holzleiter hinab, die sie in den vertikalen Schacht brachte.

Nach ein paar vorsichtigen Schritten in der Dunkelheit führte sie ihr Weg in den Haupttunnel, der horizontal vor ihnen weiter verlief. Cotton Joe ging voraus. Wenn man bedachte, wie warm es am Morgen bereits oben über der Erde gewesen war, erschien einem die Temperatur hier unten angenehm kühl.

Cotton Joe zeigte zum Ende des Tunnels. „Dort ist die Stelle, wo du anfangen wirst! Dieser Schacht hat eine vielversprechende, breite Silberader. Schau, so musst du das Material herausbrechen!" Während er sprach, steckte er die Spitze des Meißels in einen Riss im Gestein. Das Material war bedeutend dunkler als die rotbraune Erde und die Felsen drum herum.

Joe löste einen Gesteinsbrocken, der die Größe seiner Faust besaß und streckte ihn Jesse entgegen. Das Material

war fast schwarz und schimmerte leicht, aber Jesse hätte
niemals vermutet, dass darin Silber steckte. Der ältere
Schürfer lächelte ihn an. „Sobald dieses Stück Stein zer-
trümmert und das Silber daraus gelöst ist, schmelzen wir
es in einem großen Tiegel über dem Feuer und gießen es
in Gussformen. Diesen Schmelzprozess nennen wir `smelt-
ing´. Natürlich brauchen wir dafür auch Chemikalien, damit
wir das Silber reinigen können.

Wenn der Prozess abgeschlossen ist wird aus diesem
Stein hier so ein gutes Stück." Er zog dabei eine Dollar
Münze aus purem Silber aus seiner Tasche und zeigte
sie Jesse.

Jesse war erstaunt darüber, wie unkompliziert der ganze
Prozess zu sein schien. Allerdings war er trotz seiner fe-
hlenden Kenntnisse davon überzeugt, dass dies für ihn
täglich endlose Stunden harter Arbeit bedeutete. Jesse
Connor war ein ehrgeiziger Mann und er hatte sich das
feste Ziel gesetzt es in dieser Stadt zu etwas zu bringen. So
startete er seinen ersten Tag als Schürfer unterstützt vom
flackerten Licht einer einzelnen Kerze im Schacht.

Cotton Joe hatte ihm geraten, es mit der Geschwindigkeit des Hämmerns nicht zu übertreiben, sondern einen
steten Rhythmus gut platzierter Schläge beizubehalten.
Und so schuf der Klang von Metall auf Metall seine eigene
schlichte Melodie im dämmrigen Halbdunkel unter der
Erde. Die Zeit verging so schnell, dass Jesse nicht einmal
realisierte, dass es bereits Zeit fürs Mittagessen war. Erst
als Cotton Joe ihn an der Schulter antippte und die Pause
verkündete unterbrach Jesse die Arbeit.

Joe half ihm die mit Erz gefüllten Körbe an die
Oberfläche zu tragen. Als der junge Mann aus dem Minenschacht trat blendete ihn der grelle Sonnenschein. Er
zog das Tuch, mit dem er seine Lungen vor dem Staub

geschützt hatte, über den Mund nach unten und atmete tief die frische Luft ein.

Als Jesse sein Gesicht im Bach neben dem Camp wusch, bemerkte er, wie sehr die Bizeps Muskeln in seinen Armen schmerzten. Seine Hände hatten bereits die ersten großen Blasen davongetragen. Nichtsdestotrotz war Jesse immer noch optimistisch, dass er durchhalten würde.

Cotton Joe schaute den jüngeren Mann an. „Anstrengende Arbeit, nicht wahr? Aber wenn man bedenkt, dass dies dein erster Tag in einer Mine ist, kann man sagen, dass du dich ganz wacker schlägst. Komm, lass uns was essen! Du hast es dir redlich verdient. Der Gehilfe vom Restaurant war hier. Lass uns mal nachsehen, mit was uns Lorraine heute verwöhnt."

Das Aroma, das aus den Blechcontainern aufstieg, ließ ihnen das Wasser im Mund zusammenlaufen. In den Behältern befand sich Hackbraten, Kartoffelpüree und frisch gebackene helle Brötchen.

"Das glaub ich einfach nicht! Das ist ja ein Festessen", murmelte Jesse.

"Du gewöhnst dich besser daran. Das ist die Art dieser Lady ihre Mitmenschen zu behandeln. Zumindest solange man ihr mit Ehrlichkeit und Respekt begegnet." Die beiden aßen schweigend. Das Essen schmeckte sehr gut und besänftigte Jesses knurrenden Magen. Cotton Joe stand auf und schenkte beiden eine Tasse das starken Cowboy Kaffees ein, den er über dem Lagerfeuer gekocht hatte. Er überraschte Jesse, denn er reichte ihm sogar ein Leinensäckchen Zucker. Es tat dem jungen Burschen gut zu sitzen und seine Arme etwas ausruhen zu lassen. Der Blechbecher mit dem heißen Kaffee erschien ihm plötzlich unnatürlich schwer.

Der ehemalige Farmer wusste genau, dass er an den

nächsten beiden Tagen sehr unter Muskelkater und Schmerzen leiden würde und er hoffte, dass er trotzdem weiterarbeiten konnte.

Nachdem sie beide eine weitere Stunde Gesteinsbrocken abgebaut hatten, änderte Cotton Joe kurzentschlossen den Tagesablauf und legte nun mehr Holz auf das Feuer, um den Nachmittag mit der Gewinnung und dem Schmelzen von Silber zu verbringen.

Jesse war klar, dass der erfahrene Minenarbeiter seinen erschöpften Armmuskeln damit eine Ruhepause verschaffte und war Joe sehr dankbar dafür. Als es schließlich soweit war den Inhalt des Schmelztiegels in die Gussform zu gießen, war Jesse aufgeregt wie ein Kind am Weihnachtsmorgen. Die glänzende, gräuliche Flüssigkeit floss blubbernd und brodelnd über den Rand des Schmelztiegels. Die Farbe erinnerte Jesse an Blei. „Schau, mein Freund! Das ist der heutige Ertrag aus der Mine."

Dem jungen Jesse Connor war natürlich aufgefallen, dass Cotton Joe in einem anderen Seitengang gearbeitet hatte, aber er hätte es niemals gewagt den älteren Mann zu fragen, wie viel er heute aus der Mine geholt hatte. Er war einfach nur glücklich und zufrieden, dass er am ersten Tag in der Dunkelheit des Tunnels sein Bestes gegeben hatte.

"Nun, Junge, ich denke wir sollten Schluss machen für heute. Lass uns unsere Sachen zusammenpacken und nach Hause fahren!"

„Meine Güte, das klingt wie wunderbare Neuigkeiten", gab Jesse zu und unterdrückte dabei ein Gähnen. Sie spannten die beiden Maultiere vor den Wagen und wuschen rasch ihre Gesichter im nahegelegenen Bach.

Jesse verschloss das Eisengitter hinter dem Wagen und zog dann seinen müden Körper auf dem Kutschbock neben Joe. Als sie den Hügel am Stadtrand von Tombstone hinunterrollten, ging die Sonne gerade unter.

Als die beiden an Cotton Joes bescheidenem Häuschen ankamen, bat dieser Jesse darum einen Moment zu warten. Er verschwand kurz ins Haus und kam mit einem kleinen Baumwollsäckchen in seiner Hand wieder nach draußen.

"Zeig mir deine Hände, Schürfer!"

Jesse drehte seine Handflächen nach oben und Cotton Joe pfiff leise durch die Zähne, als er all die blutigen Blasen sah.

"Genau so habe ich mir das vorgestellt. Hier ist das Salz. Drei Teelöffel davon rührst du in eine Schüssel mit Wasser und badest deine Hände drin. Dann bandagierst du sie mit Baumwollstreifen. Das wird am Anfang brennen und schlimmer schmerzen, als wenn eine Wespe dich in die Mangel nehmen würde. Aber so schließen sich die offenen Wunden schnell. Glaub einem alten Minenarbeiter. Ich bin durch dieselbe Pein gegangen."

Jesse dankte Cotton Joe für seine Hilfe und Geduld und versprach ihm am nächsten Morgen um dieselbe

Zeit wieder da zu sein. Als er zu Hause ankam badete er in dem kleinen natürlichen Pool, der sich zwischen den Felsen des Bachlaufs gebildet hatte. Dann fütterte er die Pferde und weichte schließlich seine Hände in der salzigen Lauge ein, wie Joe es ihm aufgetragen hatte. Es brannte und stach wie tausend Nadelstiche, aber nach einer Weile fühlten sich seine Hände tatsächlich besser an.

Er war zu müde, um sich noch etwas zu essen zu machen und kollabierte förmlich auf seine neue Strohmatratze. Er war bereits tief eingeschlafen, bevor er überhaupt sein Abendgebet sprechen konnte.

KAPITEL ACHT

***

DIE STADT SCHWIRRTE VOR LAUTER AKTIVITÄT WIE EIN BIENENSTOCK, ABER AM Zahltag der Minenarbeiter stießen die Vergnügungsstätten von Tombstone an ihr Limit. Das Bird Cage Theater und all die Saloons an der Allen Street waren mit vergnügungshungrigen Männern überfüllt. Hunderte von Schürfern gaben ihr hart verdientes Geld für die Frauen von fragwürdiger Moral in deren Verschlägen in der Toughnut Road und der Sixth Street aus. Die Frauen der Nacht konnten beinahe nicht mit dem Ansturm der Männer, die in langen Schlangen vor ihren Unterkünften warteten, mithalten. Kein Wunder nannte man die Prostituierten auch Ladies der Warteschlange. Viele der Frauen mussten an Tagen, an denen der Lohn bezahlt wurde, dutzenden von Männern mit ihren Liebesdiensten zur Verfügung stehen.

Die bekannteren gefallenen Engel, die in den kostspieligen Bordellen arbeiteten, hatten dieses Problem der übermäßigen Nachfrage nicht. Da die Preise in den Bordellen von den Madams bestimmt und höher angesetzt wurden, konnten diese Frauen so ihr Klientel für ihre Mädchen zahlungskräftiger und koordinierter organisieren. Auch der Oriental Saloon war als kostspieliges Etablissement bekannt obwohl hier das Trinken und natürlich das Spielen im Vordergrund standen.

Lorraine betrachtete die mit Menschen überfüllte Straße durch das Fenster des Saloons. „Ist es nicht erstaunlich, dass so ein großer Anteil des Reichtums, der hier aus den Minenschächten der Umgebung ausgegraben wird, niemals wirklich die Stadt verlässt?", flüsterte sie sich selbst zu.

Lorraine dachte kurz an ihren neuen Minenangestellten Jesse und fragte sich, wie er wohl den ersten Tag der harten Arbeit unter der Erdoberfläche überstanden hatte. *Ob er wohl wirklich morgen wieder zur Arbeit erscheinen wird?*

Doch dann drehte sie sich vom Fenster weg, schob die Gedanken an Jesse Connor beiseite, und mischte sich unter die zahlreichen männlichen Gäste des Lokals. Ihr strahlendes Lächeln brachte so manch Einen im Saloon zum Erröten.

Lorraine war die Königin der Nacht und niemand konnte sie von ihrem gesteckten Zielen ablenken. Sie verfolgte diese gnadenlos und ignorierte dabei auch ihre eigenen Gefühle. Dies war nur eine Facette ihres unbeugbaren, starken Willens.

***

Am nächsten Morgen erwachte Jesse sehr früh. Sein ganzer Körper schmerzte und seine Arme fühlten sich an wie die lahmen Flügel eines alten Bussards. Er konnte sie kaum heben.

„Oh Gott, ich frag mich, ob ich heute überhaupt diesen Hammer heben kann", jammerte er, während er sich einen frischen Kaffee aufbrühte. Nichtsdestotrotz pfiff er kurze Zeit danach vergnügt vor sich hin. Er wusste, dass die heutige Arbeit sein Einkommen schneller steigen ließ, als ein

Staubteufel durch die Wüste von Arizona wirbeln konnte.

Jesse betrachtete seine zerschundenen Hände und entschloss sich diese zu bandagieren, um die offenen Wunden etwas zu schützen und die Werkzeuge packen zu können.

Es war ein prächtiger Morgen und die Sonne ging in majestätischen Farben über dem Rand der Dragoon Bergen auf. Jesse wurde nie müde das Naturschauspiel zu betrachten. Heute hatte er es allerdings eilig in die Stadt zu kommen und sich bei seinem neuen Boss zu melden und so ritt er nach Tombstone, ohne dem prächtigen Sonnenaufgang weiter zu huldigen.

Cotton Joe stand bereits vor seinem Haus und nickte Jesse anerkennend zu. „Du hast dich also dazu entschlossen zurückzukommen?"

"Natürlich," lachte Jesse. "Ist doch mein Job, nicht wahr?"

"Du hast Rückgrat, Sohn, das muss man dir lassen. Dir tut sicher alles weh, oder? Wie ich sehe, hast du deine Hände eingebunden. Kluge Entscheidung! Ich ziehe meinen Hut vor dir. Ich kenne einige Männer, die bereits jetzt aufgegeben hätten und nicht zur Arbeit erschienen wären. So wie es aussieht bist du härter im Nehmen als ich dachte und loyal noch dazu. Beides schätze ich an einem Mann.

"Nun ja, ich denke ich bin eben nicht wie die anderen", bemerkte Jesse selbstbewusst und stieg vom Pferd. Er half Cotton Joe dabei das Brennholz und andere Dinge, die sie heute brauchen würden aufzuladen und lächelte dabei verschmitzt vor sich hin, als er die berühmten Long Johns auf der Wäscheleine flattern sah.

Er schaute kurz zu Lorraines Haus rüber, aber dann konzentrierte er sich wieder auf die heutige Arbeit, die vor ihm lag. Wenige Minuten später ließen sie den Stadtrand von Tombstone hinter sich.

Da er bereits die wichtigsten Grundkenntnisse am Tag zuvor gelernt hatte, machte Jesse sich direkt an das Schürfen im Schacht. Es war bei Gott nicht einfach. Seine schmerzenden Muskeln und seine blutenden Hände machten es ihm fast unmöglich Hammer und Meißel festzuhalten. Er betete darum, dass er die Kraft haben würde die zwölf Stunden Schicht durchzuhalten.

Die Mittagspause war mehr als willkommen und Jesse freute sich auf eine warme Mahlzeit. Cotton Joe hatte bereits den Kaffee gekocht und sein junger Partner saß auf einem großen Stein in der Nähe der Kaffeekanne und seufzte laut auf.

„Du siehst heute aus, als ob du zwei Tassen Kaffee gebrauchen könntest." Cotton Joe lächelte ihn an und Jesse nickte dankbar.

Sie packten das gelieferte Essen aus und freuten sich sehr, als sie im Korb gegrillte Hühnchen mit Soße und Milchbrötchen entdeckten. „Oh Mann, was für eine Belohnung", schwärmte Jesse.

In dem zweiten Korb fanden die beiden Männer eine Notiz, die in Lorraines wunderschönen Handschrift geschrieben war. Darauf stand *Belohnung für den ersten harten Tag im Schacht.* Unter dem Blatt Papier befand sich tatsächlich ein kleiner Apfelkuchen, der in einem roten Tuch eingewickelten war.

"Apfelkuchen? Da brat mir doch einer einen Storch! Kaum zu glauben! Joe, wenn ich mit all dem Essen fertig bin, wirst du mich den Schacht runter rollen müssen."

Jesse biss herzhaft in den saftigen Kuchen und spülte ihn mit einem großen Schluck das starken, süßen Kaffees runter. Nun fühlte er sich trotz seines schmerzenden Körpers wunderbar. Der Kuchen erinnerte ihn an die Backkünste seiner Mutter und er fühlte einen kleinen Anflug von Nostalgie. *Oh, wie sehr ich mir wünschte, sie wäre noch am Leben. Ich hätte sie zusammen mit Maggie nach Tombstone bringen können.* Leider hatte ihm die Tuberkulose seine Mutter entrissen und obwohl es bereits vier Jahre her war, vermisste ihr Sohn sie immer noch jeden Tag.

Cotton Joe betrachtete einen Moment schweigend die Landschaft um sie herum. Dann fing er an zu erzählen. „Als ich Lorraine traf war ich ein furchtbarer Trinker. Ich habe mich beinahe selbst mit diesem familienzerstörenden Gesöff umgebracht. Ich hatte kein Dach überm Kopf und lag eines regnerischen Tages im Schlamm auf der Straße. Ich hatte mich selbst aufgegeben. Es wäre mir völlig egal gewesen, wenn mich jemand an jenem Tag mitten auf der Straße liegend erschossen hätte. Man könnte sagen, ich habe getrieft vor Whiskey und konnte nicht einmal mehr laufen oder auf meinen eigenen Beine stehen. Da kam diese wunderschöne Frau und half mir auf die Füße. Ich muss ein ekelerregender Anblick gewesen sein. Nichtsdestotrotz hat sie mich zum Arzt geschleppt. Der Doktor hat sich zuerst geweigert mich überhaupt zu untersuchen. Sohn, du hättest sie sehen sollen! Sie hat ihn schlichtweg daran erinnert, dass ihre Liebesdienste für ihn nicht mehr zur Verfügung stehen würden, wenn er mir nicht sofort helfen würde.

Tja, und als Nächstes besorgte sie mir ein Zuhause und gab mir diese Arbeit, um mein bescheidenes Haus abbezahlen zu können. Mir, einem stadtbekannten Säufer.

Ich habe ihr gesagt, dass sie ihre Zeit und Geld verschwendet. Glaub es oder nicht, sie hat mir eine Ohrfeige quer über das Gesicht verpasst und mich angeschrien, ich solle endlich aufhören mich selbst zu bemitleiden. Sie meinte, es wäre an der Zeit sich wie ein erwachsener Mann zu benehmen.

Dann hat Lorraine einen ganzen Pott Kaffee gekocht und mich schlichtweg angewiesen nüchtern zu werden. Ja, genau so war das! So kam Lorraine Bernard in mein Leben. Weißt du was sie getan hat, Sohn? Diese Frau hat mir mein Leben gerettet! Nicht weniger als das!"

Cotton Joes offenes Geständnis über seine Vergangenheit rührte Jesse sehr. Er war sehr beeindruckt, als er sich vorstellte, wie diese schöne Frau einen betrunkenen Fremden auf seinen torkelnden Beinen in ein besseres Leben führte.

Lorraine Bernard war definitiv eine außergewöhnliche Person. Jesse fragte sich, wie seine Frau Maggie wohl auf den Anblick eines im Strassendreck liegenden Betrunkenen reagiert hätte. Er war sich sicher, dass Maggie sich angewidert weggedreht hätte.

Trotz der vielen Stunden, die er hämmernd in dem dunklen, staubigen Minenschacht verbrachte, verging der Nachmittag dennoch schnell. Als sie die Arbeit beendeten und mit dem Wagen wieder Richtung Tombstone fuhren, schlief der völlig erschöpfte Jesse auf dem unbequemen Kutschbock ein. Er verpasste den wunderschönen Sonnenuntergang und als Cotton Joe ihn vor seinem Haus aufweckte, war es dem jungen Mann sehr peinlich, dass er eingeschlafen war.

Der drahtige Ire schüttelte seinen Kopf. „Mach dir darüber keine Gedanken! Das ist völlig normal. Wie ich bereits gesagt habe, es ist ein sehr ermüdender Job und es wird einige Wochen dauern, bis sich dein Körper daran gewöhnt hat. Vergiss heute Abend nicht, deine Hände wieder in der Salzlauge einzuweichen."

Jesse nickte und murmelte müde, "bis morgen dann, Joe!" Der Mann war dermaßen erschöpft und sein ganzer Körper schmerzte so sehr, dass es ihm schwerfiel sich selbst in den Sattel zu ziehen. Als er zu Hause ankam, war es ihm beinahe nicht mehr möglich seinen Pflichten im Haus nachzukommen und seine Pferde zu füttern.

Nachdem er die Tiere versorgt hatte, ließ er sich ohne zu Essen auf seine Wolldecke fallen. Lächelnd dachte er an das unerwartete Dessert am Mittag. Er hatte die letzten beiden Tage besser gegessen, als die vielen Wochen zuvor als er nach Arizona gereist war. Dann fiel er schließlich in einen tiefen, traumlosen Schlaf.

KAPITEL NEUN

***

WILD LINC GENOSS DIE GESELLSCHAFT VON BLONDE MARY, EINER JUNGEN französischen Prostituierten und Bordell Chefin, die für das gut organisierte französische Syndikat in der Stadt arbeitete. Blonde Mary hatte einen charmanten Akzent und war clever genug, das Haus mit unmoralischem Ruf gewinnbringend zu führen. Sie hatte lockige, blonde Haare, die ihr hübsches Gesicht einrahmten.

Dennoch verdeckte ihr dichtes Haar nicht den leicht bitteren Gesichtsausdruck, den sie oft zu überspielen versuchte. Es war ihr bewusst, dass Wild Linc ein regelmäßiger Liebhaber von Lorraine Bernard war und Blonde Mary versuchte mit allen weiblichen Mitteln, die ihr zur Verfügung standen, den Kanadier immer öfters in ihre Arme und weg von dieser Bernard Hexe zu locken.

Die Französin hatte mehr als nur ein geschäftliches Interesse an Wild Linc. Sie war in ihn verliebt und fürchtete Lorraine als Konkurrentin um die Gunst des blonden, gutaussehenden Spielers, der auch als unberechenbarer Outlaw bekannt war.

Duncan war ein grober, herrschsüchtiger Liebhaber und

Blonde Mary fragte sich oft, ob er dasselbe brutale Benehmen an den Tag legte, wenn er mit Lorraine zusammen war. Ihrer Meinung nach war diese Schlange ein arroganter Snob und dachte wahrscheinlich, dass sie etwas Besseres wäre.

„Was gibt ihr denn das Recht zu denken, dass sie mehr Wert wäre als der Rest von uns?", flüsterte Blonde Mary mit Verbitterung in der Stimme.

Ihre Gedanken wurden jäh unterbrochen, als Wild Linc sie grob beim Handgelenk packte und sie von der kleinen Bar im Eingangsbereich des luxuriös möblierten Bordells wegzog.

Diese Franzosen wissen wirklich, wie man ein Haus einrichtet, dachte er. *Und die Weiber hier sind charmant, sauber und nett anzusehen.* Mehr brauchte er nicht.

Wild Linc besuchte das Etablissement oft. Man könnte sagen, dass er ein Stammgast war, aber keine der Frauen hatte Lorraines fesselnde Schönheit und Fähigkeiten, wenn es um die Befriedigung eines Mannes ging. In letzter Zeit kam er nur noch in das Bordell von Blonde Mary, wenn er kein intimes Treffen mit Lorraine ergattern konnte.

Der Gedanke an sie verärgerte Linc Duncan. Er hatte versucht sie zu vergessen, denn sie hatte sich die letzten Wochen im Oriental Saloon rar gemacht. Der Spieler hatte den Verdacht, dass ihre Abwesenheit vielleicht etwas mit dem Fremden zu tun hatte, der vor ein paar Wochen in die Stadt gezogen war. Er hatte Gerüchte gehört, dass dieser Mann in jener Mine arbeitete, an der Lorraine angeblich Anteile hatte. Ob das überhaupt stimmte?

Wild Linc fiel es immer noch schwer zu glauben, dass eine Frau, speziell eine Prostituierte, überhaupt fähig war, ein anderes Geschäft als ein Bordell zu führen. Aber auf der anderen Seite behaupteten die Leute auch, dass Lorraine Bernard ein weiblicher Teufelskerl war, wenn es darum ging Herausforderungen im Leben zu meistern. Einerseits erregte sie Linc bis ins Unermessliche, andererseits brachte sie ihn aber auch in Rage, weil sie sich nicht seinem Willen unterwarf.

Der Mann kämpfte dagegen an sich in sie zu verlieben und er hasste sie dafür. Lincoln Duncan war ein taffer Kerl und daran gewöhnt, immer die Kontrolle über alles zu haben. Aber in diesem Fall hatte Bernhard ständig die Oberhand. Sie hatte die Kontrolle über ihre Affäre und es war für jeden in der Stadt offensichtlich, dass ihm das überhaupt nicht passte.

Aber im Moment ließ ihn das alles kalt, denn heute interessierte ihn nur diese kurvige Französin und er hatte sich fest vorgenommen, das Bestmögliche aus dieser Nacht zu machen. Linc war es völlig egal, ob er das Begehren dieser Frau befriedigte. Alles was er wollte, war seine eigenen Bedürfnisse zu sättigen. Er war ein egoistischer Liebhaber, aber er verhielt sich anders, wenn er das Bett mit Lorraine teilte. Sie wollte er erregen und ihr Genuss bereiten und sogar als Liebhaber beeindrucken. Aber die Frau, die im Moment neben ihm lag, war für ihn nichts weiter also eine käufliche Ware, für die er gutes Geld bezahlt hatte. Daher behandelte er sie ohne jeglichen Respekt.

Blonde Mary versuchte ein paar vertraute Zärtlichkeiten auszutauschen, aber Linc drückte grob ihre Hände nach unten, riss ihr die Kleider vom Leib und zwang sich ihr ohne Rücksicht auf ihren Körper auf. Es war ihm egal, ob er ihr weh tat und er ächzte wie ein Tier, als er auf ihr lag. Als er die Kontrolle über seine Lust verlor flüsterte er Lorraines Namen und Blonde Mary hörte es. In jenem Moment pflanzte er den Samen unbändiger Wut und Hasses in ihrem Herzen, während seine Lust über ihm wie eine kalte Welle zusammenbrach.

Als sich sein Atem wieder etwas beruhigt hatte, stand Wild Linc auf, zog sich rasch an und verließ den Raum, ohne noch einmal zu Blonde Mary zurückzuschauen. Hätte er sich doch nur umgedreht. Vielleicht hätte ihn der Ausdruck purer Abscheu der Marys Gesichtszüge verzehrte, vorgewarnt wie gefährlich sich ihre Obsession entwickeln könnte. Aber er war zu egoistisch und zu stolz sich mit Anstand von der Frau zu verabschieden.

***

Lorraine wusste natürlich nichts von dem Rendezvous der beiden. Sie besuchte zur Abwechslung das Bird Cage Theater und wohnte dem Auftritt einer exotischen Bauchtänzerin bei. Ihr Spitzname war *kleine Ägypterin* und Lorraine hatte sie immer für ihren beweglichen Körper bewundert. Die Tänzerin hatte Lorraine verschiedene Bewegungen beigebracht, die die Lust eines Mannes noch mehr entfachen konnten.

Wild Linc Duncan war nirgends zu sehen und Lorraine Bernard war froh darüber. In letzter Zeit war der Mann etwas zu anhänglich geworden und sie suchte weder einen Ehemann noch eine feste Beziehung. Sie glaubte zwar an die Liebe, aber sie war sehr realistisch, wenn es um dieses Thema ging. Es war allseits bekannt, dass Lincoln Duncan die Frauen respektlos behandelte. Obwohl er ihr gegenüber normalerweise freundlich war, hatte sie dennoch keinen Zweifel, dass er zu der Sorte Mann gehörte, mit dem eine Frau keine Ehe eingehen sollte.

***

Die Tage kamen und gingen. Jesse hatte sich an die Arbeit in der Mine gewöhnt. Seine Arme waren stärker geworden und seine Muskeln hatten sich noch kräftiger entwickelt. Die Blasen an seinen Händen waren verheilt.

Sein Oberkörper zeigte das Resultat der harten Arbeit. Sein Körper war nun noch beeindruckender als zum Zeitpunkt seiner Ankunft in Tombstone.

Cotton Joe hatte ihm seinen ersten Wochenlohn ausgehängt und Jesse war ein bisschen enttäuscht gewesen, dass er die Bezahlung nicht von Lorraine selbst erhalten hatte. Der junge Minenarbeiter hatte sie seit einigen Tagen nicht mehr gesehen. Fast schien es, als ob sie ihn meiden würde. *Ich frage mich, ob sie mit meiner Leistung nicht zufrieden ist,* dachte er nach dem ersten Zahltag.

Der ehemalige Farmer hatte einen Brief an seine Frau Maggie geschrieben und sie darin informiert, dass er sich in einem gemütlichen, kleinen Haus niedergelassen hatte. Voller Freude berichtete er, dass das Haus für ihren Einzug bereit war und dass er einen guten Job mit regelmäßigem Einkommen gefunden hatte, der ihnen ein gutes Leben ermöglichen würde. In seinem Brief schrieb er offen, wie sehr er sie vermisste und dass es doch wohl an der Zeit wäre wieder als Eheleute vereint zu sein.

Alles was er nun tun musste war abzuwarten, bis er von ihr einen Brief mit ihrem Ankunftsdatum erhalten würde. Er plante einen hübschen Ankleidespiegel für sie zu kaufen, um sie mit diesem Geschenk ein bisschen für die anstrengende Reise nach Tombstone entschädigen.

Zum Glück würde Maggie den größten Teil der Distanz mit der Eisenbahn zurücklegen können. Sie konnte in einem Eisenbahnwagon bequemer reisen als es bei ihm auf dem Planwagen der Fall gewesen wäre. Jessie war aufgeregt, dass er seine Frau viel früher als zuerst angenommen in ihre neues Zuhause bringen konnte.

Cotton Joe hörte geduldig und aufmerksam den Schilderungen seines jungen Partners zu und freute sich für ihn. Die beiden Männer waren mittlerweile gute Freunde geworden. Sie wussten beide, dass der eine vom anderen abhängig war, wenn sie unter der Erdoberfläche arbeiteten. Die beiden waren sich den Gefahren, denen ein Schürfer täglich gegenübertrat, wohl bewusst.

Nachdem Jesse seinen ersten Zahltag erhalten hatte, lud er Cotton Joe zu einem Abend im Bird Cage Theater ein, um ihre Freundschaft und seinen Anfang im Minenbusiness zu feiern.

Aber sein neuer Freund lehnte dankend ab. „Es wäre zu verführerisch für mich solche Lokale zu betreten. Ich befürchte, dass allein der Geruch des Whiskeys stark genug wäre, diesen Dämon wieder in mir freizusetzen."

Jesse verstand, dass Joe Angst davor hatte wieder in alte Gewohnheiten zurückzufallen. So änderte er einfach die Einladung in eines der feineren Restaurants der Stadt. Damit erklärte sich sein Partner erfreut einverstanden.

Am nächsten Tag genossen beide Männer den freien Tag der Woche. So betraten sie ein Restaurant mit richtigen Porzellantellern, eleganten Tischdecken und Kristallgläsern.

Zuerst fühlten sich die beiden Männer etwas fehl am Platz. „Bin ich vielleicht froh, dass ich mich dazu entschlossen habe, mein bestes, frisch gewaschenes Hemd anzuziehen, Sohn!"

Jesse lachte leise auf und nickte zustimmend, während er rasch überprüfte, ob er selbst den Kragen seines Baumwollhemdes korrekt geknöpft hatte.

Als die Männer aber die Speisekarte studierten hatten sie beide eine Laune wie kleine Kinder unter dem Weihnachtsbaum.

Das Restaurant bot tatsächlich frischen Fisch an, der auf großen Eisblöcken in Holzkisten nach Tombstone geliefert wurde und hier eine seltene Delikatesse war. Der Besitzer des Restaurants versicherte ihnen, dass die Forelle absolut frisch war und behandelte die beiden Gäste außerordentlich höflich.

Er war ein Kunde von Lorraine, zumindest wann immer sie das zuließ, und der Mann wusste, dass diese beiden Gentlemen mit der schönen Frau, die er so sehr bewunderte geschäftlich zu tun hatten.

Der Fisch war äußerst schmackhaft, golden und knusprig in Butter gebraten und mit frischem Kartoffelpüree und jungen, grünen Bohnen ein wahres Gedicht. Cotton Joe genoss jeden Bissen des seltenen Genusses.

"Mann, Jesse, das ist das Beste Fischessen seit Jahren." Der junge Mann war glücklich, dass Joe die Mahlzeit so sehr würdigte. Das Leben war gut und Jesse war dafür sehr dankbar dafür.

Beide Minenarbeiter waren gerade dabei ihr Abendessen mit einer Tasse Kaffee aus dünnen Porzellantassen, die sie kaum in ihren rauen Händen halten konnten, zu beenden, als die Eingangstüre aufging.

Lorraine betrat das Restaurant und die Gespräche an den umliegenden Tischen verstummten. Jesse konnte nicht anders und starrte die Frau mit offenem Mund an.

Lorraine sah atemberaubend aus. Ihre Haare waren mit goldenen Kämmen hochgesteckt und sie trug ein schimmerndes, nachtblaues Kleid. Das Kerzenlicht im Raum wurde von dem edlen Material reflektiert und der Rock raschelte leise, als sie an ihnen vorbeischritt.

Jesse sah einen älteren Mann, der sie begleitete und respektvoll zwei Schritte hinter ihr ging. Cotton Joe und Jesse nickten zur Begrüßung und sie berührte Joe sanft am Arm. Dann ging sie zu ihrem Tisch.

"Richter Taylor," flüsterte Cotton Joe.

Jesse nickte schweigend. *Ja, Lorraine besitzt weltge-*

wandte Kontakte, daran gibt es keinen Zweifel, grübelte der junge Schürfer vor sich hin und fühlte sich plötzlich zu schlicht gekleidet und in diesem noblen Restaurant fehl am Platz. Aber er schob den Gedanken entschlossen zur Seite. Er war schließlich nur ihr Angestellter und wollte sie ja nicht als Mann beeindrucken, oder etwa doch?

Nachdem der Richter Getränke bestellt hatte, erhob sich Lorraine Bernard und kam kurz an ihren Tisch. Sie begrüßte die beiden Männer liebenswürdig.

"Gentlemen, kommt bitte morgen vor der Arbeit bei mir zu Hause vorbei, damit ich euch beiden den Lohn für die letzte Woche aushändigen kann. Ich hoffe ihr habt alles was ihr draußen bei der Mine braucht. Wie ist die Qualität des Essens? Gibt es Grund zur Beschwerde oder ist es immer noch so gut, wie zu Anfang, Joe?"

Cotton Joe versicherte ihr, dass es ihnen an nichts fehlte. Er erzählt ihr voller Stolz, dass Jesse ihn heute zu einem köstlichen Abendessen mit gebackenem Fisch eingeladen hatte, um die ersten paar Wochen gemeinsamer Arbeit und Freundschaft zu feiern. Als sie von dieser netten Geste hörte, lächelte Lorraine ihr warmes, strahlendes Lächeln. Dann verabschiedete sie sich von den beiden, wünschte Ihnen eine gute Nacht und ging zurück an Richter Taylors Tisch. Dieser stand rasch auf und rückte ihren Stuhl zurecht, nachdem sie sich gesetzt hatte.

Jesse unterdrückte ein Grinsen als er ihn dabei beobachtete. Es war erstaunlich zu sehen, wie die Männer diese schöne Frau behandelten. Fast konnte man den Eindruck gewinnen, als ob sie eine der ehrenhaften Damen der Gesellschaft wäre und nicht eine käufliche Liebesdienerin. Aber wenn man es genauer betrachtete war sie tatsächlich eine Lady, zumindest wenn man davon absah, wie sie ihren Lebensunterhalt verdiente.

KAPITEL ZEHN

* * *

DER JUNGE MINENARBEITER STRENGTE SICH REDLICH AN COTTON JOES ER-zählungen zu folgen, ohne dabei ständig Lorraine am anderen Ende des Restaurants anzustarren. Er hatte sie seit über zwei Wochen nicht gesehen.

Ist es möglich, dass sie noch schöner geworden ist, seit ich sie das letzte Mal getroffen habe? „Jesus, es ist wirklich an der Zeit, dass meine Frau hier ankommt", murmelte er leise vor sich hin.

Eine halbe Stunde später bezahlte Jesse für das Abendessen und tippte respektvoll zum Abschied gegen den Rand seines Hutes als er das Restaurant zusammen mit Joe verließ. Lorraine nickte lediglich förmlich und Jesse war ein bisschen enttäuscht darüber. Dann schimpfte er leise vor sich hin, „Was hast du denn erwartet? Du bist ihr Angestellter, Mann, und verheiratet noch dazu!"

Die Männer schlenderten zu Cotton Joes Haus, wo Jesses Stute geduldig auf ihn wartete. Die Nachtschwärmer in den Straßen wurden rauflustiger und die Stadt gefährlicher, sobald die Sonne unterging und sich die Dunkelheit über die Saloons, Opium Zelte und Bordelle senkte. Der gutaussehende Schürfer war froh aus der Stadt zu kommen.

Jawoll, es ist wirklich besser in der Sicherheit meines friedlichen, kleinen Hauses zu sein. Ich wünschte nur der warme Körper meiner Frau würde mich dort erwarten. Ich bin es langsam leid dauernd allein zu sein.

Er hoffte, dass sich seine Ehe besser entwickeln würde, wenn Maggie erst einmal hier lebte und an seinem Erfolg teilhaben könne. *Wenn sie erst einmal weit weg von ihrer, sich in alles einmischende Mutter ist, wird es zwischen uns sicher harmonischer laufen,* versuchte er sich selbst zu überzeugen.

Es fiel dem attraktiven Mann sichtlich schwer sich einzugestehen, dass Maggie ihm kaum je Gelegenheit bot sich ihr körperlich zu nähern. Bislang hatte er mit Erfolg den Gedanken verdrängt, dass diese Ehe vielleicht zum Scheitern verurteilt war, und zwar unabhängig davon, wie hart er auch versuchte das Ruder herumzureißen. Jesse glaubte daran, dass sie noch eine Chance hatten, um die Beziehung zum Besseren zu wenden, wenn sie erst einmal in einer anderen Umgebung weit weg von den Schwiegereltern leben würden.

***

Lorraine verbrachte den größten Teil des Abends im Haus von Richter Taylor. Der Mann des Gesetzes war ein begehrter Junggeselle und sie wusste, dass er vorhatte ihr einen Heiratsantrag zu machen. Es war an der Zeit ihm klarzumachen, dass sie eine Ehe nicht in Erwägung zog, aber sie musste es ihm diplomatisch beibringen. Er war einer ihrer wichtigsten Kontakte in dieser Stadt - ein Mann mit Einfluss. Richter Taylor konnte einem das Leben in Tombstone sehr einfach und angenehm machen, aber er konnte den Leuten auch Hindernisse in den Weg legen.

"Richard, ich schätze deine Freundschaft sehr, aber ich befürchte es würde deinem Ruf schaden und deine Position bei Gericht in Gefahr bringen, wenn du eine Frau von fragwürdigem Ruf heiraten würdest."

Er schüttelte den Kopf und war offensichtlich anderer Meinung. „Wir könnten in eine andere Stadt ziehen. Niemand wüsste dort von deiner Vergangenheit."

Sie musterte ihn und tat so, als ob sie diesen Vorschlag überdenken würde. „Vielleicht ist das eines Tages möglich. Wie auch immer, im Moment würde ich es bevorzugen mich noch eine Weile um mein Geschäft zu kümmern und etwas mehr Geld anzusparen, damit ich eines Tages ein sogenanntes ehrenhaftes Leben führen kann."

Der Richter war, abgesehen von Joe, der einzige Mensch in dieser Stadt der wusste, dass Lorraine eine erfolgreiche Mine besaß und daher kaufte er ihr dieses Argument, ohne zu zögern ab. Er küsste zärtlich ihren Handrücken. „Ich werde nicht so schnell aufgeben, meine Liebe. Ich bin überzeugt, dass du eines Tages deine Meinung ändern wirst." Dann küsste er sie sanft auf die Wange und bot ihr an sie nach Hause zu begleiten.

Was Lorraine an diesem Mann am meisten schätzte war nicht die Tatsache, dass er in der Stadt eine so wichtige Persönlichkeit war. Natürlich konnte ihr dies von großem Nutzen sein, aber dass er ein perfekter Gentleman war erschien ihr noch wertvoller. Sein Reichtum spielte für sie nur eine nebensächliche Rolle, denn sie war selbst gutgestellt.

Richard Taylor hatte hervorragende Manieren, stammte aus einer hochgebildeten Familie und behandelte Lorraine stets wie eine Dame. *Gott allein weiß, wie sehr ich es manchmal vermisse, als ehrenhafte Frau angesehen zu werden.* Aber Lorraine hatte gelernt diese Sehnsucht zu unterdrücken.

Sie war froh, sich für den heutigen Tag zurückziehen zu können. Lorraine war müde und Cotton Joe und Jesse im Restaurant zu sehen hatte sie etwas verwirrt.

Die Frau hatte ihren neuen Mitarbeiter über zwei Wochen nicht mehr gesehen. Es schien, als ob er bereits bedeutend mehr Muskeln entwickelt hatte und die Stoppeln seines drei Tage Barts verstärkte noch sein attraktives, rebellisches Aussehen.

Es hat mich ganz schön Selbstbeherrschung gekostet in der Gegenwart vom Richter den beiden gegenüber professionell und distanziert aufzutreten. Ich kann es nicht riskieren, dass Richard misstrauisch gegenüber dem neuen Fremden in der Stadt wird.

Lorraine tat alles, um zu verhindern, dass die Leute, inklusive Richter Taylor, ihre Nase in die Geschäfte der Mine oder ihr Privatleben stecken konnten.

Auf alle Fälle hat Jesse heute Abend sehr gut ausgesehen. Während sie sich auszog und bettfertig machte huschte ein Lächeln über ihr Gesicht. Sie dachte an den kommenden Tag. Cotton Joe und Jesse würden zu ihrem Haus kommen, um ihren Zahltag abzuholen. Es verwirrte sie, dass sie sich so sehr darauf freute die beiden am nächsten Tag zu sehen. *Oder freu ich mich hauptsächlich darauf Jesse zu sehen?*

***

Zur gleichen Zeit eskalierte ein Streit zwischen Blonde Mary und dem Besitzer des Bird Cage Theaters auf der anderen Seite der Stadt. Die Prostituierte war wutentbrannt und blitzte ihn wütend an.

"Und warum nicht? Bin ich nicht hübsch genug für dich und dein schäbiges Theater?"

Der Besitzer des bekannten Etablissements, Mister

Hutchinson schüttelte seinen Kopf. „Es hat nichts mit deinem Aussehen zu tun, Mary! Wir haben einfach im Moment keinen freien Platz für dich. Die Zimmer im Untergeschoss werden immer von den gleichen drei Mädchen gemietet. Komm wieder, wenn eine von ihnen geht. Aber ich will ehrlich zu dir sein. Es wäre mir lieber, wenn ich gar nicht erst jemand vom französischen Syndikat hier drin hätte. Ihr kontrolliert ja schon die meisten der käuflichen Mädchen auf der Toughnut Road. Es könnte durchaus schädlich für mein Geschäft sein, wenn sich die Franzosen hier auch noch einnisten. Vergiss bitte nicht, dass ihr eine ernstzunehmende Konkurrenz für mich seid und du selbst bereits ein Bordell für diese Bande führst."

Er kreuzte demonstrativ die Arme über seiner Brust um machte damit klar, dass er seine Entscheidung gefällt hatte und seine Meinung auch nicht so schnell ändern würde.

Blonde Mary schäumte vor Wut. Ihr ursprünglicher Plan Wild Linc in ihre Fänge zu locken, indem sie ihm öfters im Bird Cage Theater über den Weg laufen würde, war gescheitert. Und damit auch die Möglichkeit Lorraine Bernard stärker kontrollieren zu können, denn diese tauchte ab und dann im Theater auf, anstatt im Oriental Saloon ihrem Gewerbe nachzugehen.

„Nun denn, muss ich eben eine andere Möglichkeit finden", murmelte sie wütend vor sich hin, während sie mit verbittertem Gesichtsausdruck die Straße entlang stapfte.

Die Möglichkeit, das Wild Linc eventuell gar nicht an einer gemeinsamen Zukunft mit ihr als Frau interessiert sein könnte, zog Blonde Mary gar nie in Betracht. Für sie war klar, es lag nur an dieser dunkelhaarigen Hexe, dass sie noch nicht fester liiert waren.

„Wenn dieses niederträchtige Bernard Weib im Bird Cage nach einer Kammer gefragt hätte, wäre ihr Hutchinson garantiert sofort entgegengekommen", zischte die Frau wütend vor sich hin.

Die Französin wünschte sich, dass dieses billige Früchtchen endlich von den Straßen Tombstones verschwinden würde. *Wenn Lorraine Bernard nicht wäre, würde ich den gesamten Bezirk regieren. Ich hätte es verdient, die Chefin all dieser Mädchen zu sein. Naja, vielleicht aller außer denen im Bezirk von Hop Town.*

Die chinesischen Lotus Mädchen standen unter China Marys Kontrolle und niemand wagte es, sich mit China Mary anzulegen, nicht einmal die besitzergreifende Französin. Diese Asiatin hatte bei weitem zu viel Einfluss und sogar ihre eigenen chinesischen Wachmänner in Tombstone.

Aber Blonde Mary war davon überzeugt, dass sie zumindest den restlichen Rotlichtbezirk kontrollieren könnte. *Wenn ich nur irgendwie diese verdammte Konkurrentin losbekommen könnte.* Aber Lorraine hatte zu viele Kontakte in den obersten Rängen der Gesellschaft von Tombstone und sogar über die Stadtgrenzen hinaus bis nach Tucson. Blonde Mary wusste einfach nicht, wie sie diese verhasste Frau aus der Stadt verjagen könnte.

Mary machte auf dem Absatz kehrt und verfluchte dabei Hutchinson und das Bird Cage Theater im rüdesten Gossenfranzösisch, dass nicht einmal ein Matrose benutzt hätte.

Als sie das Gebäude verlassen hatte, ordnete Hutchinson bei seinem Barkeeper an, dass dieser ein Auge auf Blonde Mary haben sollte, wann immer diese das Theater betrat. Der Mann erwartete weitere Schwierigkeiten mit ihr. Diese Frau war bekanntermaßen unberechenbar und es lief ihm kalt den Rücken runter, wenn er sich vorstellte, zu welchem Wutausbrüchen sie fähig war. Im Moment war sie wütender als eine aufgescheuchte Klapperschlange und Hutchinson wusste, dass sie den Ruf hatte rücksichtslos ihre Ziele zu verfolgen.

***

Der Sonnenaufgang färbte den Himmel und die Hügel in sanfte pink und violett Töne ein. Jesse eilte zu Joes Haus. Er wusste, dass er sich zum Narren machte, aber dennoch war er aufgeregt und nervös. Er würde heute Lorraine wiedersehen, auch wenn es nur für ein paar Minuten war. Cotton Joe begrüßte ihn mit einem warmen Lächeln und zusammen gingen sie rüber zu dem hübschen, weißen Haus.

Lorraine öffnete die Türe gleich beim ersten Klopfen und Jesse war einen Moment sprachlos über den Anblick, den sie bot. Sie trug ein hellgrünes Kleid, in dem sie wie der blühende Frühling wirkte. Ihr langes welliges Haar war hoch zu einem Knoten aufgesteckt und gab den Blick auf ihren eleganten Schwanenhals frei.

Der attraktive Minenarbeiter schluckte, als sie die beiden bat, ihr in die kleine Küche zu folgen. Dort erwartete ein herzhaftes Frühstück die überraschten Männer.

„Ich bin sicher, ich kann nicht mit dem Fisch von gestern Abend mithalten, aber ich werde euch bestimmt satt bekommen, bevor ihr euch wieder an die harte Arbeit in der Mine macht."

Cotton Joe lachte und zwinkerte ihr zu. Der ältere Mann hatte sehr wohl die Reaktion seines jungen Freundes auf ihren Anblick gesehen und er konnte ihm nicht mal einen Vorwurf daraus machen. Diese Frau war eine wahre Schönheit und dieses Kleid betonte ihre Kurven auf sehr aufregende Art und Weise. Er hoffte nur, dass Jesse nicht sein Herz an sie verlieren würde.

Cotton Joe hatte schon so manchen Mann seinen Verstand wegen Lorraine verlieren sehen und er wusste, dass es nahezu unmöglich war ihr Herz zu erobern. Außerdem erwartete der junge Bursche ja die Ankunft seiner Ehefrau aus Kansas.

Die beiden Schürfer bedienten sich an dem Rührei und dem knusprigen Speck, der perfekt gebraten in der gusseisernen Pfanne brutzelte. Der Kaffee war stark und die Brötchen warm und luftig. Die Küche war erfüllt von Aromen, die ihnen das Wasser im Mund zusammenlaufen ließen und die Atmosphäre war entspannt und gemütlich.

Die beiden Männer fühlten sich nicht wie Angestellte, denn Lorraine behandelte sie wie enge Freunde oder sogar wie Familienmitglieder. Nachdem sie ihr Frühstück beendet hatten, überreichte die Frau beiden ihren Lohn.

Jesse wagte nicht das Geld vor ihr nachzuzählen. Er wusste, dass es ein guter Verdienst sein würde, denn sie hatten die vergangenen Tage mehr Erz denn je aus der Erde geholt.

Als die beiden Männer aufbrachen, hielt Lorraine Joe noch einen Moment zurück. „Was denkst du über Jesse Connor? Können wir ihm vertrauen?"

Cotton Joe nickte. "Ich würde behaupten, dass du wahrscheinlich den anständigsten Jungen in dieser ganzen Gott verlassenen Stadt gefunden hast."

Lorraine dachte einen Moment nach. "Vielleicht solltest du ihm dann die Wahrheit über den zweiten Tunnel sagen. Er hat nie versucht sich in deinem Gang der Mine zu schaffen zu machen, oder?"

Cotton Joe schüttelte verneinend den Kopf. "Nein, Ma´am! Er bleibt in seinem Tunnel und arbeitet wie ein Ochse. Und ja, ich glaube er verdient es alles über die Mine zu erfahren. Aber die Frage ist, ob du ihm auch die zwei Prozent Anteil am Gold zahlen willst?"

Sie überlegte kurz während sie Jesse dabei beobachtete,

wie er geduldig auf der Straße wartete. Die orangen Strahlen der Morgensonne wurden von seinem dunkelbraunen, gewellten Haar reflektiert. „Lass uns mit einem Prozent von der Goldader anfangen, wann immer er dort schürft. In dem anderen Tunnel bleiben wir bei der ursprünglichen Abmachung. Schließlich wollen wir nicht, dass sich die Gier in seinem Herzen einnistet."

Cotton Joe war sofort einverstanden. Wie immer hatte Lorraine weise entschieden. Ein weiterer Grund warum Joe sie so bewunderte, war ihr unbeirrbares Gespür fürs Geschäft. Als der ältere Mann schließlich auf die Straße trat fragte ihn sein jüngerer Partner sofort, „ist etwas nicht in Ordnung?"

Cotton Joe setzte sein bestes Pokergesicht auf und antwortete trocken, „sie hat mich gefragt, ob ich mit deiner Arbeitsleistung zufrieden bin."

"Und? Bist du es?"

Der ehemalige Farmer aus Kansas hatte sich die letzten Wochen alle Mühe gegeben einen guten Eindruck zu hinterlassen. Aber Cotton Joe schüttelte seinen Kopf.

„Ich habe ihr gesagt, dass du weit entfernt von perfekt bist und falls sie einen anderen Mann für die Arbeit finden würde, sie dich so schnell wie möglich ersetzen sollte."

Jesse blieb abrupt in der Mitte der Straße stehen und Entsetzen zeigte sich auf seinen Gesichtszügen. Doch dann hörte er ein leises Kichern und er blinzelte verdutzt. Schon erklang das donnernde Lachen seines irischen Freundes und Jesse spurtete hinter ihm her und tat so, als ob er ihn schlagen wollte. Beide Männer lachten wie kleine Kinder auf ihrem Weg zum Planwagen.

Lorraine hatte die Szene zwischen den beiden Männern hinter dem Vorhang beobachtet. Sie sah Jesses geschockten Gesichtsausdruck und wie Joe lachend den Kopf zurückwarf. Mit Sicherheit hatte Joe den jungen Mann mit etwas hinters Licht geführt. Sie war glücklich darüber, dass die beiden Männer sich so gut verstanden. Ja sie hatte wirklich den besten Mitarbeiter für die Mine gefunden. Aus geschäftlicher Sicht war sie dessen zu hundert Prozent überzeugt. *Ob es für mich selbst so eine gute Sache ist Jesse Connor so oft zu sehen weiß ich allerdings nicht.*

Ihr missfiel, dass sich ihr Herzschlag beschleunigte, wann immer sie sich trafen. Immer wieder erinnerte sie sich selbst daran, dass er nicht nur ihr Angestellter war, sondern auch bald seine Ehefrau in Tombstone erwartete. Er war nicht ein einsamer, zahlender Kunde auf der Jagd nach körperlicher Zuneigung. Nein, Jesse Connor war ein ehrenhafter, verheirateter Mann, der zu seinem Wort und zu seinen Pflichten stand. Es würde in einer Katastrophe enden, wenn sie die Grenzen bei diesem stolzen und dennoch so anständigen Burschen überschreiten würde.

KAPITEL ELF

***

WENIGER ALS EINE STUNDE SPÄTER WAR GENAU DER MANN, DER LORRAINES
Gedanken so sehr beschäftigte, wieder unten im Schacht.
Jesse war staubig und schmutzig, aber glücklich. Er hatte
diese Woche sogar zwei Dollar mehr verdient und er erwartete, dass er innerhalb der nächsten zwei Wochen von seiner
Frau Maggie hören würde. Das Leben war gut zu ihm. Es
war die richtige Entscheidung gewesen, nach Tombstone zu
kommen. Er konnte nicht ahnen wie schnell sich in dieser
Stadt das Glück zur Tragödie wandeln konnte.

Jesse versuchte sein Bestes das Bild von Lorraine in dem
hübschen, Frühlingshaften Kleid und ihrem schlanken Hals
zu verbannen. Aber egal wie sehr er sich auch bemühte, ihre
Erscheinung schlich sich immer wieder in seine Gedanken.

Nachdem sie ihr Essen genossen hatten verkündete
Cotton Joe, dass er Jessie etwas zeigen müssen. Sie gingen
wieder unter Tage aber dieses Mal bat Joe Jesse darum,
dass er ihn in den anderen Tunnel begleiten solle. Natürlich
folgte ihm sein junger Partner, wunderte sich aber, was an
jenem Tunnel so besonders war. Am Ende des kürzeren
Schachts hielt Cotton Joe an. Dieser Tunnel war bedeutend

enger im Vergleich zu dem, wo Jesse arbeitete. Ansonsten sah er keinen Unterschied.

Joe zündete eine weitere Kerze an und schaute den jungen Minenarbeiter mit ernstem Gesicht an. „Schwöre bei Gott und auf das Leben deiner Frau, dass du niemanden von dem, was ich dir jetzt zeige, erzählen wirst!"

Sein Partner nickte und fühlte sich plötzlich unbehaglich. Schließlich wusste er nicht, um was es ging. Als Joe sich umdrehte zeigte er dabei auf eine Stelle, wo sein Meißel Spuren in die alten Felsschichten geschlagen hatte. Zuerst sah Jesse keinerlei Silbererz. Es dauerte einige Sekunden bevor ihm klar wurde, dass das Licht der Kerze von einem gelblichen Material reflektiert wurde.

"Jesus, Maria und Josef, ist es das was ich denke?"

Cotton Joe nickte. Jesse starrte fassungslos auf die Goldader. Heiliges Kanonenrohr! *Lorraines Mine ist zwar eine der kleinsten in Tombstone, aber sie hat wohl den Jackpot geknackt, als sie diese Mine abgesteckt hat,* dachte er. Gold und Silber in einer Mine kam nicht häufig vor.

Joe erinnerte ihn noch einmal eindringlich daran, dass er darüber nicht ein einziges Wort gegenüber anderen erwähnen durfte. Joe verdeutlichte Jesse, dass es ihren Tod bedeuten könnte, wenn die Wahrheit über das Gold bis zu den falschen Leuten in Tombstone durchdringen würde. Der gutaussehende Schürfer bekam Gänsehaut bei der Vorstellung, dass sein Freund und auch Lorraine in Gefahr geraten könnten, wenn sich die Neuigkeit von Gold in den Saloons und Bordellen rumsprechen würde.

Er würde nicht nur die Mine mit seinem eigenen Leben verteidigen, sondern auch seine beiden neuen Freunde, die ihm einen fantastischen Start in Tombstone ermöglicht hatten. Er verstand sehr gut, warum beide wochenlang gewartet hatten, bevor sie ihm die ganze Wahrheit über die

Ausbeute der Mine verraten hatten. Es war offensichtlich, dass sie sich erst festlegen mussten, ob er vertrauenswürdig genug war. Wie es schien, hatten sie heute Morgen entschieden, dass er ein aufrichtiger Mann war und Jesse hatte nicht vor dieses Vertrauen zu hintergehen. Er wäre von allen guten Geistern verlassen, wenn er die Basis zu seinem neuen, besseren Leben zerstören würde. Sein Großvater hatte immer gesagt: „Säge nie an dem Ast, auf dem du sitzt."

Kein Wunder, dass Lorraine so wählerisch war wen sie für die Mine anstellte. Und nun verstand der junge Schürfer auch, warum sie ihnen ein höheres Gehalt und regelmäßige Mahlzeiten zahlen konnte. Sie konnte es sich schlichtweg leisten dank ihrer doppelten Glückssträhne mit dem Claim.

Was ich aber nicht verstehe ist, dass diese wunderbare Frau dann immer noch ihren Körper als käufliche Bettgespielin anbietet, obwohl sie doch eine sichere zweite Einnahmequelle besaß. Vielleicht ist sie doch eine unmoralische Person?

Der attraktive Bursche schüttelte seinen Kopf. Er würde wohl niemals verstehen, was hinter diesem großen, grünen Augen vorging. Augen, in denen ein Mann ertrinken konnte. *Sie wird wohl ihre Gründe haben und mir steht es sowieso nicht zu, diese zu hinterfragen. Schließlich bin ich ja nur ihr angestellter Minenarbeiter. Nicht mehr und nicht weniger.*

Er bedankte sich bei Cotton Joe für das Vertrauen und versprach noch diskreter über die Schürfstelle zu sein. Er versicherte seinem Partner, dass er diese mit seinem eigenen Leben verteidigen würde. Joe klopfte dem jungen Mann auf die Schulter. Er wusste, dass sein Geheimnis bei Jesse sicher war, denn er war ein anständiger, liebenswerter Kerl. Joe wusste auch, dass noch etwas anderes hinter Jesses Loyalität steckte, etwas dass weder Lorraine noch

Jesse selbst bislang bewusst war.

Er war ein erfahrener, älterer Mann und hatte so manches im Leben gesehen und erlebt und so war ihm heute Morgen nicht entgangen, wie der Funke einer beginnenden Liebe in Jesses Augen aufgeleuchtet hatte, als sie Lorraines Haus betraten.

Es war dem Jungen selbst vielleicht nicht einmal bewusst, aber Joe war sicher, dass Jesse fortan die Mine beschützen würde, weil diese auch für Lorraine Bernard stand.

Sie arbeiteten hart bis in den frühen Abend und beide Männer waren auf dem Rückweg in die Stadt in Gedanken versunken. In dieser Nacht schlief Jesse nicht besonders gut. Er hatte noch immer keine Nachricht von Maggie erhalten und wälzte sich unruhig und geplagt von Alpträumen über Diebe, die in die Mine einbrachen, auf seinem Lager hin und her.

Er stand lange vor dem Morgengrauen auf und kochte sich eine ganze Kanne starken Kaffees, um die beängstigenden Bilder, die immer noch in seinem Unterbewusstsein herum spukten, zu vertreiben. Er stand auf der Veranda und beobachtete ein paar rot gefiederte Kardinalvögel, die vergnügt in einem Baum von Ast zu Ast sprangen. Dieser Ort war so friedlich. Man konnte sich kaum vorstellen, dass in der Nähe eine Stadt lag, in der die Leute nicht zögerten, sich für eine Kleinigkeit gegenseitig umzubringen.

Von diesem Morgen an erschien er immer mit einem zusätzlichen Gewehr unter dem Arm zur Arbeit. Zuerst runzelte Cotton Joe die Stirn, aber dann nickte er anerkennend. Beiden Männern war bewusst, dass ein zusammenbrechender Schacht nicht die einzige Gefahr war, denen sie draußen am Claim eventuell gegenübertreten mussten. Die Zusammenarbeit der letzten Monate hatte ein starkes

Band der Verbundenheit zwischen den beiden Bergmännern geschaffen und sie verstanden sich ohne große Worte.

Der ältere Schürfer hätte es niemals zugegeben, aber er hatte sich in letzter Zeit Sorgen gemacht. Aufgrund des Goldes, dass er in dem kleineren Tunnel fand, hatte Joe angefangen um sein Leben zu fürchten. Er war sehr dankbar für Jesses Gesellschaft und war froh ein zusätzliches Gewehr auch zu seiner eigenen Sicherheit dabei zu haben. Es war eine gute Sache, dass Lorraine darauf bestanden hatte diesen Grünschnabel einzustellen. Sie hatte richtig gewählt. Schließlich war es in Tombstone nicht einfach einen ehrlichen Mann zu finden, dem man sein Leben anvertrauen konnte. Es gab mehr Halsabschneider und Verbrecher in den Straßen der Stadt, als es Flöhe auf einem streunenden Hund gab. Man wusste nie was als nächstes passieren würde in diesem verrückten Territorium.

Zum ersten Mal seit zwei Jahren hatte Cotton Joe das dringende Bedürfnis einen Whiskey zu trinken, um seine Nerven zu beruhigen. Natürlich würde er das nicht tun. Genau wie Jesse Connor hatte er sich fest vorgenommen, nie das Vertrauen seines weiblichen Bosses zu erschüttern. Es war seine Pflicht nüchtern zu bleiben, denn sie hatte ihn davor gerettet sich selbst in einem Sarg zu trinken.

KAPITEL ZWÖLF

* * *

ES WAR BEREITS EIN MONAT VERGANGEN, SEIT JESSE SEINER FRAU MAGGIE DEN Brief geschickt hatte und sie darin aufforderte ihm in den Westen folgen. Heute wurde die wöchentliche Postkutsche aus Tucson erwartet und er war voller Hoffnung, dass diese entweder seine Frau oder zumindest einen Brief von ihr an Bord haben würde.

Bislang war es dem treuen Ehemann gelungen all die Bordelle und Saloons zu meiden. Nur ab und dann einen seltenen Besuch eines guten Restaurants und einem einzigen Abstecher ins Bird Cage Theater hatte er sich gegönnt, um sich ein bisschen von der Einsamkeit abzulenken. Frauen beim Singen oder Tanzen zuzuschauen, war ja für einen verheirateten Mann nicht verboten, oder?

Er hatte auch alle Poker und Faro Tische links liegen lassen und standhaft für die bessere Zukunft gespart. Die Arbeit in den Tunneln war körperlich so anstrengend, dass er nicht willens war, sein hart verdientes Geld an die Spielkarten oder in den Armen einer Prostituierten zu verschwenden. Das unterschied ihn von den meisten Minenarbeiter.

Er war mit der Bibel groß geworden und wusste, dass diese Art Vergnügungen schlussendlich immer zu Schwierigkeiten führten. Trotz seinem dringenden Bedürfnis nach weiblicher Zärtlichkeit, hielt er sich dennoch von all den Frauen mit fragwürdiger Moral fern. Auf keinen Fall wollte er Maggie betrügen oder sie in irgendeiner Form blamieren. Aber es war an der Zeit, dass sie wieder vereint sein würden. Er rechnete die Tage hoch, die der Brief wohl gebraucht hatte, bis er in ihren Händen gelandet war. Er konnte nur schätzen, wie lange sie dann gebraucht hatte, bis sie gepackt und sich auf den Weg zu ihm nach Arizona gemacht hatte. Er wusste wie lange die Reise mit dem Zug und der Postkutsche nach Tombstone dauern würde und wenn er all das in Betracht zog, müsste sie entweder diese Woche oder spätestens die folgende Woche in der Postkutsche sitzen.

Sie waren, seit er vor Monaten seine alte Heimat in Kansas verlassen hatte getrennt und genug war genug! Schließlich war er auch nur ein Mann.

Er hatte zahlreiche eindeutige Angebote von den Ladies der Nacht erhalten und wie jeder andere Mann hat auch er körperliche Bedürfnisse.

Mittlerweile war sein Oberkörper noch muskulöser, seine Beine lang und wirkten wie von einem Bildhauer gemeißelt und sein Gesicht war tief gebräunt.

Was die gefallenen Engel der Toughnut Street zum Glück nicht wussten, war, dass ein beachtliches Bündel Geld genauso schnell wie seine Muskeln wuchs. Im Gegensatz zu so manch anderem Minenarbeiter war er nicht nur sehr erfolgreich, sondern schaffte das Geld auch auf die Seite.

Lorraine half ihm dabei ein Bankkonto zu eröffnen. Es machte Sinn für ihn, denn sie wies ihn mehrfach auf die

Sicherheit eines eingebauten Eisensafes hin. Außerdem beschützten auch die Gesetzeshüter, die immer ein Auge auf die Bank hatten, sein Vermögen.

Sein schlichtes Haus konnte jederzeit, während er unter Tage seiner Arbeit nachging, ausgeraubt werden. Er wollte das Risiko nicht länger eingehen. Schließlich hatte er hart geackert, um so eine Summe anzuhäufen. Er brauchte das Geld für seine Zukunft mit Maggie. *Ich plane sogar Kinder in die Welt zu setzen. Ich hoffe, meine Frau ist endlich damit einverstanden.*

***

Der einsame junge Mann beendete seine Arbeit etwas früher als normalerweise, damit er die wöchentliche Postkutsche aus Tucson abfangen konnte. Jesse wartete ab dem späten Nachmittag in der Nähe der Post, wo Kutsche anhalten würde. Er lief auf dem staubigen Gehweg hin und her und war genauso nervös, wie vor der ersten Verabredung mit Maggie.

Bevor er zurück in die Stadt geritten war, hatte er sich an dem kleinen Bach neben der Mine gewaschen und versuchte nach all den Stunden in den schmutzigen Schächten, so ordentlich wie eben möglich auszusehen. Maggie legte sehr viel Wert auf das Äußere.

Bald müsste sie aus der Kutsche steigen oder er würde zumindest einen liebevollen Brief, der vielleicht immer noch eine Spur ihres Parfüms tragen würde, von ihr erhalten. Jesse vermisste seine Frau sehr und es war deutlich an dem nervösen, ungeduldigen Benehmen abzulesen. Ihm war nicht bewusst, dass Lorraine ihn durch das Fenster ihres kleinen Hauses auf der gegenüberliegenden Straßenseite beobachtete. Das traurige Lächeln auf ihrem Gesicht verblasste, als sie langsam den Spitzenvorhang zurückfallen ließ.

"Sieht so aus, als ob er Neuigkeiten von seiner Frau erwartete oder vielleicht sogar ihre Ankunft", murmelte sie in das leere Zimmer. „Wie aufgeregt und wie glücklich er doch aussieht. Ich beneide diese Frau", dachte Lorraine bitter. Aber sie wusste, sie hatte kein Recht sich in diese Beziehung einzumischen. Es schien eine glückliche Ehe zu sein. Sie fragte sich, wie diese Frau wohl war, die das Herz eines so wundervollen Mannes gefangen genommen hatte. *Es benötigt schon eine außergewöhnliche Frau, um einen Mann dazu zu bringen, ihr in einer sündigen Stadt wie Tombstone so treu ergeben zu sein.*

Sie drehte sich vom Fenster weg und beschloss am Abend wieder ihre Arbeit im Oriental Saloon aufzunehmen. Es war an der Zeit sich wieder um ihr Gewerbe zu kümmern.

Jesse Connor war einer der wenigen Männer, der für Lorraine unerreichbar war. Was das Ganze noch schmerzhafter machte, war die Tatsache, dass er der einzige Mann war, bei dem sie dies bereute.

Zum ersten Mal in all den Jahren wünsche ich mir, ich würde ein anderes Leben führen. Vielleicht mit einem Ehemann wie Jesse, flüsterte sie traurig in dem stillen Wohnzimmer vor sich hin. Sie schaute sich um aber zum ersten Mal fühlte sie sich trotz der schönen Möbel überhaupt nicht mehr wohl in dem Haus. Als sie das laute Rumpeln der roten Postkutsche vernahm, trat sie zurück ans Fenster.

Ihr Verstand sagte ihr, es wäre besser, nicht nach draußen zu schauen. Dennoch schaffte sie es nicht den Blick aus dem Fenster zu ignorieren. Sie blickte durch den cremefarbenen Spitzenvorhang und sah, wie der Mann ungeduldig von einem Fuß auf den anderen hüpfte, während er darauf wartete, dass die Kutsche vor der Post hielt.

Er riss die Türe der Kutsche auf, bevor die Pferde

komplett zum Stehen gekommen waren. Fünf staubige, erschöpfte Passagiere kletterten steif aus dem Gefährt, zwei Frauen und drei Männer. Jesses attraktives Gesicht wandelte sich eine Maske niedergeschlagener Enttäuschung, als er realisierte, dass keine der beiden Frauen seine Maggie war.

Als der Gepäckträger das Gepäck vom Dach der Kutsche lud, warf er einen großen Sack Post auf den Boden. Er landete direkt vor Jesses Stiefeln und wirbelte den Staub der Straße auf. Der ungeduldige junge Bursche würde nun wohl oder übel im Postgebäude warten müssen, bis der Mann hinter dem Tresen die ganze Post sortiert hatte.

Jesse war bislang immer ein ausgeglichener und geduldiger Mensch gewesen, aber das änderte sich nun rapide, als er neben den schwitzenden Pferden stand. Er warf kurzerhand den Sack mit der Post über seine Schulter und trug ihn selbst in das Postbüro. Er bestach den Postangestellten mit einem extra Dollar, um dessen Geschwindigkeit beim Sortieren anzukurbeln, während er nervös wie ein hungriger Löwe vor dem Mann hin und her marschierte. Die Absätze seiner Stiefel hallten laut auf dem Holzboden des beengten Raums nach und der Postangestellte schaute mehr als einmal entnervt von seiner Arbeit auf.

Endlich wedelte er aber mit einem dicken Umschlag in der Luft. "Connor? Mister Jesse Connor?"

"Jawoll, Sir, das bin ich!"

"Nun, sieht ganz so aus, als ob ich den von Ihnen erwarteten Brief hier habe. Ganz schön dicker Umschlag, wenn ich das bemerken darf."

Jesse nahm ihn mit einem breiten Lächeln entgegen. Er dankte dem Mann und verließ rasch das Gebäude. Er trat in die warme Nachmittagssonne und hielt dabei den Umschlag wie einen wertvollen Schatz an sich gedrückt. Er wollte nach Hause gehen und den Brief dort in Ruhe lesen, aber die Neugierde gewann die Oberhand und er entschloss sich dazu den Umschlag gleich zu öffnen.

Er hatte so lange auf Neuigkeiten von seiner Frau gewartet, dass er nicht zuerst nach Hause reiten und dadurch mehr Zeit verschwenden wollte. Er schaute zu Cotton Joes Haus und steuerte darauf zu. *Ich werde den Brief bei Joe auf der Veranda lesen.*

Er war kaum auf die Stufen gesessen, schon riss er den versiegelten Umschlag auf.

Cotton Joe, der gesehen hatte, wie er auf das Haus zukam, öffnete die Türe und brachte ihm ein Glas kühle Limonade, die sein Freund dankbar annahm. Joe nickte ihm zu, drehte sich um und ging ins Haus zurück. Er wollte Jesse Privatsphäre ermöglichen, damit dieser den lang ersehnten Brief in Ruhe lesen konnte.

Jesse war überrascht, als er sah, dass der Brief mehrere Seiten lang war. Die erste Seite zeigte Maggies saubere, verschnörkelte Handschrift, die er immer bewundert hatte.

„Mein liebster Jesse! Ich hoffe dieser Brief findet dich bei bester Gesundheit vor. Ich habe die guten Nachrichten über deine Anstellung in Tombstone und das erfolgreiche Einleben in der Stadt erhalten und natürlich bin ich sehr glücklich für dich."

Glücklich für mich? Er schüttelte den Kopf. *Sie sollte glücklich für uns beide sein.* Aber er lass weiter.

Er bemerkte nicht, dass Joe ihn durch das Küchenfenster beobachtete und sich Sorgen machte, weil Jesses Stirn sich immer mehr runzelte. Je länger er in dem Brief las, je düsterer wurde der Gesichtsausdruck des jungen Mannes.

„Wie du weißt, mein geliebter Ehemann, war ich nie wirklich damit einverstanden mit dir in den Westen und die unwirtliche Sonora Wüste zu ziehen, aber es gelang mir ja

nicht deine Meinung zu ändern.

Zumindest war ich willens es wenigstens zu versuchen. Ich sah es als verheiratete Frau als meine Pflicht an, meinem Mann zu folgen, wo immer er auch hin geht. Wie auch immer, während der Monate der Trennung, die ich bei meinen Eltern verbrachte, bin ich zu dem Schluss gekommen, dass diese Art Leben, die du gewählt hast, niemals die richtige für mich wäre."

„Ich kann es mir einfach nicht vorstellen dort zu leben und meine Familie hier zurückzulassen. Schweren Herzens, und glaube mir ich habe mir diese Entscheidung nicht einfach gemacht, habe ich mich dazu entschlossen in Kansas bei meiner Familie zu bleiben. Vergib mir, aber ich kann dir nicht ins Territorium von Arizona folgen."

Jesses Gesicht wurde blass. Dennoch zwang ihn sein Verstand weiterzulesen.

"In diesem Brief wirst du die Papiere eines Anwalts namens Campbell und Söhne finden. Er wird unsere Ehe auflösen. Bitte unterschreibe sie und sende sie so schnell wie möglich an mich zurück."

Was um alles in der Welt ... Jesse saß da und rieb sich die Augen. Er konnte nicht glauben was er las. *Es muss an dem Staub der Mine in meinen Augen liegen. Der muss meinen Sehnerv trüben.*

Mittlerweile war Cotton Joe schweigend auf die Veranda getreten, aber Jesse hatte ihn gar nicht bemerkt. Er war immer noch am Lesen und fing den letzten Teil nochmal von vorne an, in der Hoffnung, dass sich seine Augen getäuscht hatten.

"In diesem Brief wirst du die Papiere eines Anwalts namens Campbell und Söhne finden. Er wird unsere Ehe auflösen. Bitte unterschreibe sie und sende sie so schnell

wie möglich an mich zurück.

Ich weiß, dass du wahrscheinlich traurig oder vielleicht sogar wütend auf mich bist, aber sehe es als Gefallen an, weil ich dir die Freiheit gebe, das Leben eines Abenteurers zu führen, wie du es dir immer gewünscht hast. Ich bin nicht gemacht für das Leben in einem rauen Silberschürfer Camp, meinen Angehörigen und der Zivilisation entrissen. Meine Familie hat sich damit einverstanden erklärt, sich erstmal um mich zu kümmern. Du musst dir also keine Sorgen machen, ob es mir gut geht. Bitte komm nicht nach Kansas und versuche nicht meine Meinung zu ändern. Ich habe den Entschluss gefasst und werde meine Entscheidung auf keinen Fall ändern. Meiner Meinung nach war diese Ehe von Anfang an ein Fehler.

Wir passen nicht wirklich zusammen, Jesse! Gott weiß, dass ich dir das Beste für dein Leben wünsche, aber ich werde davon nicht länger ein Teil sein. Deine ehemalige Ehefrau Maggie.

Die Hand, die den Brief hielt, fiel langsam in seinen Schoß und seine Augen blickten hinaus auf die Allen Street und sahen trotzdem nicht das Geringste. Jesse war blind vor Tränen. Diese starken Hände, die so viel Geld für ein besseres Leben mit seiner geliebten Ehefrau aus dem felsigen Untergrund gemeißelt hatten, waren dennoch nicht stark genug gewesen zu verhindern, dass sie ihn verließ. All die Arbeit, all die Strapazen, die Träume und der Versuch sein Bestes zu geben - alles war umsonst gewesen. Er schaute auf die Papiere. Es waren offiziell aussehende Dokumente eines Anwaltsbüros mit dem Namen Campbell und Söhne.

Cotton Joe wusste nicht was in dem Brief stand, aber er sah die offiziellen Dokumente und ihm war sofort klar, dass dieser Brief bei weitem nicht die Nachricht war, auf die Jesse so sehnsüchtig all die Wochen gewartet hatte. Joe berührte seinen jungen Freund vorsichtig an der Schulter.

Jesse stand langsam wie ein alter, gebrochener Mann auf, drehte sich um und reichte Cotton Joe das leere Glas. Er konnte sich nicht einmal darin erinnern, dass er die Limonade getrunken hatte. Er fühlte sich wie betäubt und leer. Der ältere Mann versuchte etwas zu sagen, aber Jesse hob seine Hand. „Nicht jetzt, Joe! Nicht jetzt!"

Er drehte sich um, ging die Stufen der Veranda hinab und stolperte in die Allen Street. Der Brief, den er noch immer in der Hand hielt, war vergessen und sein Gesicht eine traurige Maske mit leeren Augen.

KAPITEL DREIZEHN

***

COTTON JOE MACHTE SICH GROßE SORGEN. ER BEOBACHTETE, WIE SEIN FREUND Richtung der billigeren Saloons und Bordelle der Toughnut Street ging und es gefiel ihm gar nicht. Er würde dem Greenhorn folgen, aber zuerst ging Joe kurz in sein Haus zurück und versteckte eine kleine Derringer Pistole unter seiner Jacke.

Der fürsorgliche Freund ging die Toughnut Street entlang und bog dann um die Ecke in die Allen Street, aber Jesse war nirgends zu sehen. Auf Joes Gesicht war leicht erkennbar, wie besorgt er wahr. Es wurde bereits dunkel und Gott allein wusste, was der Bursche jetzt vorhatte. Offensichtlich hatte er sehr schlechte Nachrichten erhalten.

Das Einzige, was ich jetzt tun kann, ist unsere beste Freundin in dieser verrückten Stadt zu suchen. Sie muss mir helfen den Kerl zu finden. Ich muss sofort mit Lorraine sprechen.

Die unangefochtene Königin des Oriental Saloons hatte gerade ein Liebeslied beendet und mischte sich unter die männlichen Gäste am Pokertisch. Wild Linc spielte Karten, aber er war schlechter Laune, denn er hatte bereits eine beträchtliche Summe Geld verloren. Er war zu jedem unfreundlich und unverschämt, sogar zu Lorraine. Sie gab ihr Bestes ihn aufzumuntern und massierte ihm zärtlich seinen Nacken, während sie hinter ihm stand und dem Spiel zusah. Ihr war heute gar nicht nach männlicher Gesellschaft, aber sie zwang sich dazu im Oriental zu bleiben, um das Bild des glücklichen, aufgeregten Jesses und der Postkutsche zu vertreiben. Der Anblick hatte sie traurig gestimmt.

Ich weiß nicht was mich mehr belastet, dass er so aufgeregt war über Nachrichten von seiner Frau, oder dass ich mit purer Eifersucht darauf reagiert habe. Sie war in Gedanken versunken, während sie dem Pokerspiel weiter zuschaute.

Das Ganze geriet außer Kontrolle und sie musste sich an ihre eigene Lebensphilosophie erinnern. Lorraine hatte ihre eigenen Regeln und würde diese unabhängig davon, wer oder was ihren Weg kreuzte, befolgen. Im Leben eines gefallenen Engels drehte sich alles ständig um Selbstschutz.

"Du machst dich in letzter Zeit ganz schön rar, Bernhard!", beschwerte sich Wild Linc Duncan lauthals. Aber er konnte es mit dem Charme der cleveren Frau nicht aufnehmen.

"Warum, mein gutaussehender Cowboy? Hast du mich vermisst?"

Er fühlte sich geschmeichelt als sie ihn so zärtlich ansprach und schlang einen seiner starken Arme um ihre Hüften. Mit der anderen Hand hielt er ein Set vielversprechender Karten. Er hatte sich gerade dazu entschlossen, Lorraine in eine der privaten Kammern einzuladen, als Cotton Joe in den Saloon gestürmt kam.

Lorraine wusste sofort das etwas nicht stimmte. Sie kannte ihren Geschäftspartner gut genug, um zu wissen, dass dieser alle Saloons und Bordelle strikt mied, um nicht wieder zum Trinken verführt zu werden. Er musste einen triftigen Grund haben, um hier im Saloon aufzutauchen und ihr gefiel sein ernster Gesichtsausdruck nicht. Lorraine ließ Wild Linc sitzen, wo er war und eilte auf Joe zu.

Duncan fluchte rüde hinter ihr her und sah, wie Joe etwas ins Ohr seiner Favoritin flüsterte. Linc war kurz davor aufzuspringen, um dem alten Narren mit den Fäusten beizubringen, dass er selbst heute Nacht an erster Stelle stand.

Aber dann sah Linc, wie Lorraines hübsches Gesicht einen erschrockenen Ausdruck annahm und sie herumwirbelte, nach ihrem warmen Schultertuch griff und zur Türe stürmte. Ohne noch einmal zurück zu schauen eilte sie hinter dem älteren Mann her.

Wild Linc zitterte vor Zorn, während ihn die anderen Männern am Pokertisch auslachten. „Es sieht ganz danach aus, als ob du heute Nacht nicht ihr Favorit bist, Linc. Duncan sprang auf, wobei sein Stuhl krachend zu Boden fiel. Schon hielt er ein Messer in der Hand und war bereit dem Mann, der sich über ihn lustig machte, eine Lektion zu erteilen. Aber die anderen hielten ihn zurück und der Besitzer des Saloons schmiss Duncan kurzerhand aus dem Oriental. „Geh nach Hause und werde erst einmal nüchtern und wage es nicht zurückzukommen, solange du meine Gäste angreifen willst, Wild Linc!"

Jeder in der Stadt wusste, wie jähzornig und gefährlich der Mann werden konnte, wenn die Dinge sich nicht so entwickelten wie er es sich in den Kopf gesetzt hatte. Daher traten die Männer respektvoll vom Pokertisch zurück. Keiner wollte ihm in die Quere kommen. Wild Linc drehte sich wütend um, schüttelte seine Faust in Richtung des Saloon Besitzers und verließ das Lokal.

Lincoln Duncans kochte nicht nur wegen des Rausschmisses vor Wut, sondern vielmehr, weil Lorraine ihn abermals hatte sitzen lassen. Sie hatte ihn heute Abend lächerlich gemacht und das war unakzeptabel. Es war an der Zeit, dass er ihr eine Lektion beibrachte, die sie so schnell nicht vergessen würde. Ein gefährliches Glitzern schlich sich in seine stahlblauen Augen.

* * *

Lorraines Stimme zitterte leicht als sie und Joe die Allen Street überquerten. „Was ist passiert? Wo ist er?"

„Ich habe keine Ahnung, Lorraine. Er hat diesen Brief bekommen und der sah nach etwas Offiziellem aus. Dann ist er aufgestanden und einfach davongelaufen. Ich wollte ihn zurückhalten, aber er hat kein Wort mit mir gesprochen."

"Fühl dich nicht schuldig, Joe. Ich weiß, du hast dein Bestes versucht. Lass uns losgehen und ihn suchen!"

Sie trennten sich und liefen die dicht gedrängten Straßen von Tombstone entlang. Die Streitereien, die um diese Zeit des Abends entstanden, waren gewalttätiger und endeten oft tödlich. Meist ging es dabei nur um eine Lappalie wie schlechte Spielkarten oder eine Flasche billigen Whiskeys. Daher waren die beiden in höchster Alarmbereitschaft.

Lorraine Bernard war sehr besorgt über die Geschehnisse. Etwas schlimmes musste in dem Brief stehen und sie fragte sich, ob wohl einer von Jesses Verwandten gestorben war. Es war eine Schande, dass sie so wenig über den Mann, der für sie arbeitete, wusste. Als Lorraine im französischen Teil des sündig verdorbenen Viertels ankam, hörte sie zufällig wie zwei Frauen sich über Blonde Mary unterhielten.

"Hatte die vielleicht ein Glück heute, diesen gutaussehenden Kerl in ihre Krallen zu bekommen. Ich habe ihn schon mehrfach in der Stadt gesehen, aber bislang hatte er sich um keine von uns geschert." Die andere Frau lachte.

"Du weißt doch, früher oder später werden sie alle

schwach. Die haben ihn aber auch ganz schön abgefüllt. Ich glaube nicht, dass er heute Nacht ein besonders guter Liebhaber sein wird. Aber bei Gott, sein Körper ist zum Niederknien."

Lorraine war sich sicher, dass die beiden Frauen über Jesse sprachen. Sie wusste, dass sie Kopf und Kragen riskierte, wenn sie sich in das Revier der französischen Prostituierten wagte. Dennoch betrat sie das von Blonde Mary geführte Haus fragwürdigen Rufs.

Sie sah Jesse sofort. Er lehnte gegen die Bar. Es war nicht die Tatsache, dass er betrunken, die sie schockierte, sondern die Leere in seinen Augen und der traurige Gesichtsausdruck. Sie hatte den Mann noch nie so gesehen.

„Was glaubst du, was du hier zu suchen hast?" Die eisige Stimme von Blonde Mary zischte sie wütend über den Raum hinweg an.

"Ich nehme meinen Freund jetzt mit nach Hause", verkündete Lorraine ruhig.

„Und ich vermute, das wirst du nicht tun! Entweder du bewegst dein schmutziges Hinterteil aus meinem Bordell, oder ich werde dir eine Lektion über das Pflücken in anderer Leute Garten erteilen. Du denkst wohl du kannst alle meine Männer stehlen, Bernard. Dann lass mich dir mal eines klar und deutlich sagen! Wenn du deine dreckigen Hände nicht von meinen Freiern lässt, bring ich dich um!"

Im Raum herrschte entsetzte Stille. Jesse sagte kein einziges Wort. Da öffnete sich die Tür und Cotton Joe kam herein mit seiner kleinen Derringer Pistole in der Hand. Er spannte den Hahn mit einem lauten Klicken.

"Ich bin hier, um meinen Partner abzuholen. Er muss nüchtern werden für die Arbeit morgen und du Blonde Mary gehst uns besser aus dem Weg! Du hattest deinen Spaß, aber nun ist es an der Zeit, Schluss zu machen für heute."

Mit einem entschlossenen Gesichtsausdruck packte er Jesse am Gürtel und zog ihn Richtung Eingangstüre, während er mit seiner Pistole immer noch auf Blonde Mary zielte. Die französische Prostituierte war blass im Gesicht und zitterte vor Zorn. Cotton Joe zeigte mit seinem Kinn Richtung Türe und forderte Lorraine auf, zu ihm zu treten. „Lass uns gehen! Es ist für uns alle an der Zeit nach Hause zu gehen und etwas Schlaf nachzuholen."

Lorraine war erleichtert, dass ihr Freund gerade rechtzeitig und bewaffnet aufgetaucht war, um sie und Jesse zu retten. Die Situation hätte leicht schief gehen können. Sie war, ohne darüber nachzudenken, das Risiko für Jesse eingegangen. *Bei Gott, er muss mir wirklich mehr bedeuten, als mir bewusst war,* realisierte sie mit einem traurigen Lächeln.

Cotton Joe schlug vor, seinen betrunkenen Freund zu sich ins Haus zu nehmen, wo er ihm helfen wollte wieder auf die Füße zu kommen. Lorraine erklärte sich damit einverstanden und zusammen entkleideten sie Jesse in Joes Haus.

Nachdem sie einige Eimer kalten Wassers über ihn geschüttet hatten, versuchten sie ihn weiter mit einem ganzen Pott starkem, schwarzen Kaffee auszunüchtern. Jesse war blass und saß zitternd auf Joes Pritsche, während er an dem dampfendem Getränk nippte.

Als Lorraine seine Klamotten zusammenfaltete, fiel der besagte Brief aus der Tasche seines Hemdes. Sie hob ihn vom Boden auf und hatte eigentlich nicht vor ihn zu lesen. Normalerweise war spionieren nicht ihre Sache, aber etwas katastrophales musste ihren Schürfer total aus der Bahn geworfen haben und sie wollte wissen, was es war.

Mit zitternden Händen entfaltete sie das Dokument und fing an zu lesen. Als sie geendet hatte war sie benommen vor Schock. Jetzt verstand sie, wie sehr er am Boden zerstört sein musste. Der Mann, der so sehr versucht hatte, seiner Frau ein gutes Leben zu bieten und dafür viel und hart gearbeitet hatte, war auf die grausamste Art betrogen worden. *Seine bessere Hälfte, die er einfach nur glücklich machen wollte, hat ihn also im Stich gelassen wie ein elender Feigling. Sie hat nicht mal genügend Rückgrat, mit ihm von Angesicht zu Angesicht über alles zu sprechen.* Lorraine schüttelte verständnislos ihren Kopf.

Ein Geräusch hinter ihr holte sie aus ihren düsteren Gedanken und sie drehte sich langsam um und starrte erschrocken in Jesses bleiches Gesicht. Er schaute auf den Brief in ihrer zitternden Hand, die sie entschuldigend in die Höhe hielt. „Es tut mir leid, er ist aus deinem Hemd gefallen. Ich wollte nicht in deinen privaten Dingen schnüffeln." Aber er antwortete gar nicht. Seine kalt blickenden Augen zeigten den Schmerz eines gebrochenen Herzens.

Es bedrückte Lorraine sehr, dass sie in dem Gesicht nicht mehr den Jesse entdeckte, den sie gekannt hatte.

Cotton Joe hingegen war wütend auf diese verwöhnte Göre, die das Herz eines der anständigsten und ehrlichsten Burschen, den er jemals kennenlernen durfte, gebrochen hatte.

Seine Freundschaft und Zuneigung für Jesse waren aufrichtig und er schwor sich, dass er alles daran setzen würde wieder ein Lächeln auf das Gesicht des Jungen zu zaubern. *Verdammt, er verdient wirklich ein glücklicheres Leben.*

Cotton Joe hatte das Gefühl, dass er nun an der Reihe war seinem Freund wieder glücklichere Tage zu bescheren, genau wie damals Lorraine es für Joe getan hatte. Der Ire war nicht bereit dazu Jesse in seiner Trauer allein zu lassen oder noch schlimmer zuzulassen, dass dieser sich selbst zerstörte.

Lorraine Bernard war eine außergewöhnliche Frau. Aber im Gegensatz zu ihm kannte sie nicht all die dunklen Momente, die einen Mann zum Trinker oder Opiumsüchtigen machen konnte. Joe hingegen kannte diese düsteren Stunden nur zu gut, in denen der Teufel einen Mann dazu verführte, seine Seele zu verkaufen. Er würde Himmel und Hölle in Bewegung setzen, um zu verhindern, dass dieser feine Kerl dieselbe zerstörerische Straße entlang ging, die er selbst vor zwei Jahren gewählt hatte.

Joe und Lorraine waren sich einig, von nun an Jesse unter ihre schützenden Fittiche zu nehmen und so kam es, dass ein ehemaliger Trinker und die kostspieligste Prostituierte von ganz Tombstone die einzige Art Familie waren, die Jesse Connor zur Seite standen.

KAPITEL VIERZEHN

***

AM NÄCHSTEN MORGEN WACHTE ER MIT SOLCHEN KOPFSCHMERZEN AUF, DASS er dachte ihm würde der Schädel gespalten. Jesse setzte sich auf und fühlte sich furchtbar. Ihm war schlecht und es dauerte einige Momente, bis er realisierte, dass er sich nicht in seinem eigenen Haus befand.

Dann erinnerte er sich an den Brief und ihm wurde schwer ums Herz. Jesse konnte es immer noch nicht glauben. Seine Frau hatte ihn verlassen. Was um alles in der Welt hatte er ihr getan, dass sie solch eine grausame Entscheidung traf, ohne wenigstens mit ihm vorher darüber zu sprechen. *Hat sie das alles geplant, kaum dass ich Kansas verlassen hatte? Hat sie überhaupt je in Erwägung gezogen mir nach Westen zu folgen oder war das auch nur eine Lüge? Was für ein Narr war ich doch gewesen, zu glauben, dass diese Frau sich jemals etwas aus mir gemacht hat.* „Ich hätte es besser wissen sollen", murmelte er verletzt.

Sein Freund Joe kam lächelnd in den Raum und hielt eine Kanne Kaffee in seiner Hand.

„Komm rüber zum Tisch, Sohn! Ich habe starken Kaffee und Rühreier für dich. Wir fangen heute einfach später an mit der Arbeit."

Jesse schnaubte verächtlich. „Arbeit? Wozu denn? Es ist ja eh alles umsonst."

Cotton Joe schüttelte seinen Kopf. „Ich würde das nicht so negativ sehen! Du solltest stolz auf dich selbst sein, junger Mann! Jawoll, stolz auf alles, was du erreicht hast, seit du in diese gottverlassene Stadt gekommen bist. Das kann dir niemand nehmen. Und mit der Zeit wirst du auch die richtige Frau finden, die gewillt ist, mit dir dein Leben zu leben, deine Träume zu unterstützen und vor allen Dingen eine Frau, die deine Liebe wert ist. So wie ich es sehe, ist deine sogenannte Ehefrau sowieso nie wirklich zu dir gestanden."

Jesse hätte sauer auf Joe sein müssen, weil er so verachtend über seine Maggie sprach, aber er wusste, dass sein Freund nur die Wahrheit sprach. Sie hatte ihn nie wirklich als Ehemann geschätzt und es war ihm klar, dass er immer derjenige gewesen war, der versucht hatte sie zu beeindrucken und zufrieden zu stellen. Sollten sich nicht beide Partner dementsprechend bemühen?

"Wie hast du mich gestern Nacht gefunden? Ich erinnere mich nicht einmal daran, wo ich gewesen bin."

„Das war nicht ich. Lorraine hat dich gefunden. Zum Glück! Sie hat Kopf und Kragen riskiert, um dich aus den Fängen dieser französischen Hexe zu befreien. Aber ich musste sie dabei mit meiner Pistole unterstützen. Es ist ziemlich riskant sich mit den Kerlen und Weibern anzulegen, die den französischen Teil des sündigen Bezirks unter sich haben."

"Lorraine hat mich so gesehen? Oh, verflucht noch mal!"

Cotton Joe winkte ab. „Mach dir keine Sorgen! Sie weiß, dass solche Dinge passieren können. Die Hauptsache ist, dass wir dich wieder auf die Füße bekommen.

Ziehe es wenigstens in Erwägung, zur Mine zurückzukehren. Sieh einfach die Chance, so reich und erfolgreich wie möglich zu werden, als eine Art süße Rache an. Deine Frau, entschuldige, Exfrau soll sich eines Tages in ihr eigenes verzogenes Hinterteil beißen, weil sie so einen wundervollen Ehemann verlassen hat."

Jesse blickte seinem Freund ins Gesicht. Zuerst war er nicht davon überzeugt, aber je länger er darüber nachdachte, umso mehr realisierte Jesse, dass Cotton Joe recht hatte. Langsam, aber sicher wuchs ein neuer Ehrgeiz in ihm, der das ursprünglich gesetzte Ziel einer glücklichen Zukunft mit Maggie zu haben, ersetzte.

Jetzt war es nicht die Liebe, die seinen Arbeitswillen antrieb. Stattdessen war er erfüllt von Hass und dem Wunsch nach Rache. Und ein zweiter Gedanke kam ihm in den Sinn. Lorraine hatte viel riskiert, um ihn letzte Nacht in Sicherheit zu bringen und vor größerem Schaden zu bewahren. Sie hatte bislang mehr für ihn getan als jede andere Person, die ihm bislang im Leben begegnet war. Er schuldete ihr viel.

Jesse war ein starker Mann und das nicht nur im körperlichen Sinn. Aber er wusste, dass die Wunde, die Maggies Betrug ihm zugefügt hatte, nicht so einfach heilen würde. Er würde nach dieser Enttäuschung nie mehr dieselbe Person sein. All seine Hoffnungen, oder sollte er es besser Illusionen nennen, waren gestern zerschlagen worden.

***

Lorraine war nach einer ruhelosen Nacht früh erwacht. Sie war erfüllt von Sorge um Jesse und die Drohungen von Blonde Mary hatten sie nervös gemacht. Deren Verwünschungen gingen weit über das gängige, eifersüchtige Verhalten unter Prostituierten hinaus. Irgendetwas in den Augen dieser verrückten Furie beunruhigte Lorraine zutiefst. *Jesus im Himmel, sie hat sogar damit gedroht mich umzubringen.*

Sie hatte nicht die geringste Ahnung, warum Blonde Mary sie so sehr hasste, aber Lorraine war sich bewusst, dass sie von nun an auf der Hut sein musste. *Ich habe Blonde Mary in ihrem eigenen Revier blamiert. Keine Frau unseres Gewerbes vergibt oder vergisst so etwas einfach.*

Es war nicht das erste Mal, dass Lorraine dieser Art von Drohungen ausgesetzt war und sie wusste, dass die Frauen von fragwürdiger Moral oft zu unberechenbaren Handlungen neigten.

Sie plante mit einigen Mädchen in der Toughnut Street zu sprechen. Vielleicht würde es ihr gelingen herauszufinden was Blonde Marys extreme Abneigung gegen sie ausgelöst hatte.

Als sie ihr Haus verließ, blickte Lorraine kurz zu Cotton Joes Haus hinüber und sah, dass er und Jesse gerade dabei waren, sich auf dem Weg zur Mine zu machen. Sie widerstand dem Drang zu ihnen zu laufen, um zu schauen, wie es ihrem Angestellten ging. Vielleicht war es besser Jesse ein wenig Zeit allein zu geben, um über die plötzliche Scheidung hinweg zu kommen. Mittlerweile musste er erfahren haben, dass sie es gewesen war, die verhindert hatte, dass er in dem französischen Bordell ausgeraubt wurde oder etwas tat, was er später bereuen könnte. Die ganze Situation war schlimm genug für ihn. Sie wollte ihn nicht noch zusätzlich beschämen.

Der Wagen der beiden Männer rumpelte die Straße runter und aus der Stadt hinaus. Es war gut für den armen Kerl wieder an die Arbeit zu gehen. Lorraine seufzte erleichtert auf, denn sie wusste, dass ihr älterer Partner Joe Jesse genau im Auge behalten würde.

Als sie den Planwagen nicht länger sehen konnte, drehte sie sich um und lief zügig zum Rotlichtbezirk rund um die Sixth Street.

Sie wollten den Mädchen ein paar Fragen stellen. „Ich sollte mich auch mit Lincoln Duncan versöhnen. Ich habe gestern Abend den Oriental Saloon so in Eile verlassen, dass ich ihn komplett vergessen habe", murmelte sie, während sie die Straße entlangeilte. Er war kein wichtiger Freier für sie und sie würde ihn, trotz seiner Qualitäten im Bett nicht vermissen, falls er sie nicht mehr aufsuchen würde. Aber er konnte gefährlich werden, wenn er abgewiesen wurde. Lorraine musste sich etwas einfallen lassen, das ihm das Gefühl geben würde, dass er sie aufgeben sollte und es nicht umgekehrt war.

Vielleicht sollte ich sein Interesse an einer anderen Frau wecken. Ich muss mir mal die frischen Mädchen anschauen, die letzte Woche in die Stadt gekommen sind. Es wird sicherlich kein leichtes Unterfangen, aber ich muss es versuchen. Es war an der Zeit die Liaison zu Wild Linc zu beenden.

Sie ahnte nicht, dass Lincoln Duncan eine besitzergreifende Besessenheit für sie entwickelt hatte und weit davon entfernt war, sie freiwillig aufzugeben.

Während sie die Sixth Street entlang ging, starrten sie einige der Frauen schweigend an. Sie beneideten Lorraine um ihren Einfluss im Rotlichtbezirk. Die Frauen, die ihre Körper hier in den billigen Verschlägen verkaufen mussten, waren gezwungen jeden noch so schmutzigen, übelriechenden Freier zu bedienen. Einige der gefallenen Engel waren trotz der verordneten monatlichen Gesundheitskontrollen krank. Die meisten hatten nicht genug zu essen und vielen sah man den Missbrauch von Laudanum oder Symptome der Tuberkulose an. Ihre Hustenanfälle folgten Lorraine wie das grausame Echo des Todes.

Lorraine suchte sich drei der viel zu dünnen Mädchen aus und nahm sie erst einmal mit zu einem der billigeren Restaurants, um ihnen eine warme Mahlzeit zu spendieren. Für die Mädchen war es wahrscheinlich das erste anständige Essen seit Tagen. Zuerst waren diese misstrauisch und vorsichtig, aber schließlich siegte ihr Hunger gegen ihre Ängste. Während sie das Essen regelrecht runterschlangen, fragte Lorraine vorsichtig nach, warum Blonde Mary sich so seltsam verhielt.

Anfangs war es schwierig das Eis zu brechen, aber schließlich nahm eine der Frauen ihren Mut zusammen und fing an zu sprechen. Es war schwierig sie zu verstehen, weil sie immer wieder von schlimmen Hustenattacken und pfeifendem Atem unterbrochen wurde. Sie musste Anfang zwanzig sein und tat Lorraine leid.

"Nun, Lady Bernard, du hast Blonde Marys Liebhaber gestohlen. Zumindest behauptet sie das. Ich habe so meine Zweifel an ihrer Geschichte, weil ich weiß, dass Wild Linc dich ja schon viel länger aufsucht als sie oder jede andere von uns und das auch noch viel öfter. Aber sie hat sich diese verrückte Idee in den Kopf gesetzt, dass sie ihn heiraten will. Lorraine traute ihren Ohren kaum. Wieder war Wild Linc der Kern des Problems. Es war wirklich an der Zeit diese Verbindung ein für alle Mal zu beenden. Der Mann brachte ihr nichts als Ärger ein.

Nun da ihre Gefährtin gewagt hatte, einen Teil der Geschichte zu verraten, waren auch die beiden anderen so mutig ihr zu erzählen, was sie wussten.

„Tatsächlich erzählt sie jeder Frau im Sünden Distrikt, dass sie dich töten wird, falls du deine Hände nicht von ihrem Mann lässt. Was das Ganze noch verschlimmert ist die Tatsache, dass Wild Linc jedem in der Stadt erzählt, dass du seine Frau wärst. Wir sind davon überzeugt, dass Blonde

Mary jedes Wort ernst meint, also sei besser vorsichtig!"

Lorraines ballte ihre Hände zu Fäusten. „Lügen, nichts als Lügen", murmelte sie Wut entbrannt vor sich hin. „Ich wünschte wirklich, dass die beiden heiraten würden und mich einfach nur in Ruhe ließen. Sie sind beide wahnsinnig und verdienen einander. Ich will lediglich meinen Frieden und bin mit beiden fertig. Ich habe mich nie als Lincs Frau gesehen. In Wirklichkeit bin ich von niemandem die Frau.

Die anderen drei lachten, dann dankten sie ihr für die Mahlzeit und betonten, dass sie zurück an die Arbeit gehen müssten. „Wir verlieren zu viele Münzen, wenn wir jetzt nicht zurück zu unserem Holzverschlägen gehen." Da Lorraine eine großzügige und fürsorgliche Person war, gab sie allen drei einen Silber Dollar für ihre verlorene Zeit. Die drei Frauen von fragwürdiger Moral waren darüber sehr überrascht und hatten Tränen in den Augen. Als sie zurück zu ihren schäbigen Unterkünften liefen, freuten sie sich über das unerwartete Geschenk. Ihnen war bewusst, dass sie niemals in Lorraines Position sein würden oder jemals so viel Geld verdienen würden.

Die Königin des Oriental Saloons hingegen konnte nicht glauben was sie in Erfahrung gebracht hatte und kochte vor Wut. *Dieses verrückte französische Flittchen! Was fällt ihr ein mich zu bedrohen? Und Wild Linc ist nichts weiter als ein Stück Dreck, der weder seine Gelüste noch sein Lügenmaul unter Kontrolle hat.*

Es war an der Zeit, dass sie diesen beiden Verrückten zeigte, dass sie nicht die Art Person war, die sich wie ein Spielzeug herumstießen ließ. Sie war Lorraine Bernard und bestimmte ganz allein über ihr Leben. Diejenigen, die sich gegen sie stellten, begingen einen großen Fehler.

Sie musste sich einen Plan zurechtlegen, wie sie Wild Linc endgültig loswerden konnte. Sie ging rüber zu Richter Taylors Haus und hoffte, dass ihr Freund eine legale Strategie kannte, wie sie diesen Taugenichts von sich fernhalten konnte.

***

Währenddessen arbeiteten Cotton Joe und Jesse hart. Der niedergeschlagene junge Mann hatte zuerst keinerlei Motivation aber schon bald beschleunigte der innige Wunsch nach Rache seine Arbeitsgeschwindigkeit. Als sie am Abend ihre Tätigkeit beendeten, hatte er mehr Erzmaterial aus dem Felsen geschlagen wie je zuvor. Aber er war nicht stolz auf seine Leistung. Sein ursprünglicher Anreiz, ein besseres Leben mit Maggie, war ihm entrissen worden. Er konnte sich nicht vorstellen, was die Zukunft für ihn bereithielt. *Zukunft? Was für eine Zukunft habe ich denn nun noch?*

Erschöpft ging er direkt nach der Arbeit nach Hause. Sein Freund Joe verstand, dass Jesse allein sein wollte. Er zwang ihn nicht zu einem ungewollten Gespräch. Stattdessen ging Joe zu Lorraines Haus und erstattete ihr Bericht darüber, wie es dem armen Kerl ging.

Die Lady der Nacht hatte ihrerseits eine eigene Geschichte zu erzählen. Sie berichtete ihm von den Neuigkeiten aus dem Bezirk der gefallenen Mädchen und Joe äußerte seine Bedenken um ihre Sicherheit.

"Sieht so aus, als ob ich nun auf euch beide aufpassen muss", brummte er in seinen roten Bart.

Sie lachte ihn an. "Mach dir keine Sorgen mein Freund! Ich kann ganz gut auf mich selbst achtgeben. Ich bin ein großes Mädchen. Aber es ist wichtig, dass du die Wahrheit kennst für den Fall, dass du mir wieder den Rücken freihalten musst. Ich werde alles daransetzen, das Problem mit Lincoln und Blonde Mary so schnell wie möglich zu lösen. Richter Taylor hat versprochen, mir dabei zu helfen."

KAPITEL FÜNFZEHN

***

WILD LINC SAß AN EINEM DER HINTEREN TISCHE IN DER ECKE EINES KLEINEREN Saloons am südlichen Ende der Allen Street. Er war seit dem frühen Nachmittag am Trinken und die Leute vermieden es, seinen Weg zu kreuzen. Es war offensichtlich, dass er sehr gefährliche Laune hatte. Niemand wollte in ein Wespennest stechen und hielten sich fern von ihm.

Linc machte den gutaussehenden Fremden dafür verantwortlich, dass Loraine in letzter Zeit so kühl zu ihm war. Er musste dafür sorgen, dass dieser Kerl die Stadt verließ. Leider konnte er ihn nicht einfach erschießen, denn dann würde Lorraine wahrscheinlich nie wieder ein Wort mit ihm wechseln. Nein, er musste diesen Burschen in eine Falle locken.

Irgendwie musste es ihm gelingen, die Frau davon zu überzeugen, dass dieser Fremde ihr Vertrauen nicht wert war. Bislang hatte er keine vielversprechende Lösung für das Problem gefunden und je länger es dauerte, bis er sich einen vernünftigen Plan zurechtgelegt hatte, umso mehr hatte dieser junge Bursche Einfluss auf seine Lieblingsgespielin.

Genau wie Blonde Mary gehörte auch Wild Linc der Sorte Mensch an, die immer zuerst andere dafür verantwortlich machten, wenn etwas in seinem Leben schief ging. Der skrupellose Mann hätte niemals in Erwägung gezogen, dass diese Frau unter Umständen gar nicht an einer ernsten Beziehung zu ihm interessiert sein könnte. Lincoln Duncan war so sehr von sich selbst überzeugt, dass er sich als unwiderstehlich für die weibliche Bevölkerung Tombstones, oder sogar des gesamten Cochise County einschätzte. Zugegebener Maßen, er war ein attraktiver Mann und die befleckten Tauben der sündigen Etablissements umschwärmten ihn wie Bienen einen Honigtopf. Aber Wild Linc hatte auch die Angst in ihren Gesichtern bemerkt, wenn er einen seiner Wutanfälle hatte. Zum ersten Mal in seinem Leben war eine Frau seinem Charme nicht erlegen und hatte vielleicht sogar gänzlich das Interesse an ihm verloren.

So war er noch nie zuvor behandelt worden und es fühlte sich an wie der schmerzhafte Stich einer Wespe. Sein Ego litt sehr darunter und setzte ein gemeines, unberechenbares Monster in ihm frei.

Als er aufstand, um das schäbige Lokal zu verlassen, torkelte er auf seinen unsicheren Beinen und hatte noch immer keine Ahnung, wie er Jesse Connors Leben in dieser Stadt sabotieren könnte. *Ich bin ein schlauer Kerl, mir wird schon was einfallen,* dachte er hochnäsig.

Als er nach draußen auf die Straße trat, kniff er geblendet die Augen zusammen. Die grelle Nachmittagssonne war unangenehm für den angetrunkenen Halunken und er schaute missmutig die Allen Street runter, wo er Cotton Joes Haus stehen sah.

Langsam verzogen sich Lincolns Lippen zu einem grausamen Lächeln. Ja, es gab tatsächlich eine Möglichkeit.

Sie war die ganze Zeit da gewesen, genau vor seinen Augen. Er würde dafür sorgen, dass Lorraine diesen Jesse Connor sogar hassen würde. Danach würde es ein Leichtes sein, sie zu seinem Besitz zu machen, zumindest solange, wie sein Interesse für sie anhielt. Bei Lincoln Duncan wusste man nie, wie lange das der Fall sein würde.

Da er auf einen Schlag eine sehr viel bessere Laune hatte, war ihm nach Feiern zumute. So lief er die Straße entlang und auf das französische Bordell zu. *Oh ja, ich werde das Beste aus diesem wunderbaren Abend machen.*

Er wollte sich heute allerdings nicht mit Blonde Mary beschäftigen. Diese Frau war gefährlicher als eine Klapperschlange. Aber vielleicht ein paar der jüngeren Mädchen? Es dauerte nicht lange und er fand zwei willige Messdemoiselles. Er bezahlte ihren Preis und die drei verzogen sich in eines der bequem möblierten Zimmer.

Unterdessen genoss Lorraine ein vorzügliches Abendessen im Haus des Richters. Sie hatte zwar keinen Appetit, aber sie versuchte so gesellig wie möglich zu sein und den Richter zu erfreuen. Vorsichtig lenkte sie das Gespräch auf Wild Linc und sein abscheuliches Benehmen. „Seine Lügen bereiten mir Probleme. Die Situation mit Blonde Mary wird immer brenzliger."

Der Richter war ein perfekter Gentleman und versprach ihr sofort etwas gegen den Schurken zu unternehmen. Aber ganz so einfach war es leider nicht.

"Liebste Lorraine, du musst verstehen, dass ich einen legitimen Grund finden muss, damit ich ihn verhaften lassen kann. Ihn einfach nur so in die Arrestzelle zu werfen geht nicht. Wir müssen beweisen können, dass er gegen das Gesetz verstoßen hat."

Die elegant gekleidete Frau dachte darüber nach. Sie

wusste, dass Richter Taylor ein ehrlicher und anständiger Mann des Gesetzes war. Er würde niemals einen Haftbefehl unterschreiben, wenn die besagte Person nicht wirklich ein Verbrechen begangen hatte. Sie musste sich also etwas einfallen lassen.

Es gefiel ihr gar nicht, dass sie Lincoln Duncan eine Falle stellen musste, denn sie wusste, wie riskant es sein würde, falls er dahinterkam. Niemand in Tombstone zweifelte daran, dass Wild Linc durchaus in der Lage war jemanden, ohne zu zögern, auf den Knochenacker zu schicken. Dennoch, ihn verhaften zu lassen schien im Moment der einzige Ausweg aus der Misere zu sein.

Schwierige Aufgaben lagen vor ihr und sie beschloss, solange darauf zu verzichten die Männer zu unterhalten, bis sie einen vielversprechenden Plan hatte. Zuviel stand auf dem Spiel.

***

Blonde Mary kochte vor Wut als sie von Lincolns kleinem Abenteuer mit den beiden jüngeren Prostituierten hörte. Das Einzige was sie ein wenig beruhigte, war die Tatsache, dass er die Zeit zumindest nicht im Bett dieses Bernard Weibes verbracht hatte.

Ein hinterhältiges Lächeln zeigte sich auf ihren Lippen und entstellte ihr ansonsten hübsches Gesicht zu einer Maske der Falschheit. *Lorraine verliert definitiv an Boden!* Dieser Gedanke munterte Marys Laune immens auf. Genau wie bei Wild Linc waren ihr Temperament und ihre Launen unberechenbar.

Am nächsten Morgen erschien Jesse pünktlich vor Cotton Joes Haus zur Arbeit. Sein Partner versuchte ihn in ein Gespräch zu verwickeln, aber Jesse blieb ungewöhnlich still und sein Gesicht hatte einen ernsten Ausdruck.

Cotton Joe nahm es ihm nicht übel. Er wusste, dass es Zeiten gab, in denen ein Mann sich in seine mentale Höhle zurückziehen musste.

Die beiden Freunde arbeiteten den ganzen Tag über hart und Joe erlaubte Jesse sogar zum ersten Mal im Schacht mit der Goldader zu schürfen. Joe wollte den jungen Burschen damit aufmuntern, aber nicht einmal Gold zu schürfen hob dessen Laune an.

Jesse hatte die Scheidungspapiere unterschrieben und zurückgeschickt. Er war fertig mit der Frau, die sein Herz so grausam gebrochen hatte. Es würde jedoch bedeutend länger dauern seine Gefühle über den Untergang seiner Ehe zu verarbeiten und den bitteren Schmerz, den sie ihm zugefügt hatte, hinter sich zu lassen.

Am Abend saßen die Männer zusammen auf Joes Veranda und genossen ein Glas kalter Limonade. Jesse wandte sich seinem Partner zu. „Joe, ich möchte mich entschuldigen. Ich war in den letzten Tagen ein mürrischer Weggefährte, aber ich kann dir versichern, dass es bald wieder besser werden wird."

Joe klopfte seinem jungen Freund auf die Schulter. „Nimm dir all die Zeit die du brauchst, Jesse! Es wird meine gute Meinung über dich nicht beeinflussen. Du musst großen Kummer überwinden. Ich weiß, wie das ist."

Jesse schaute ihn an und fragte, "warst du jemals verheiratet?"

Cotton Joe lachte laut auf. "Ja natürlich, warum denkst du, habe ich mit dem Trinken angefangen?", antwortete Cotton Joe trocken. Jesse lachte, aber es klang bitter.

„Meine Frau ist an Pocken gestorben. Ich konnte nichts tun, um sie zu retten. Ich habe sie neben meiner vierjährigen Tochter beerdigt."

Cotton Joe starrte vor sich hin, verfolgt von alten

Erinnerungen.

"Jesus im Himmel, es tut mir leid Joe! Ich hätte nicht fragen sollen", fügte Jesse beschämt hinzu.

Aber Joe schüttelte seinen Kopf. „Ich war allein als das passierte und ich bin untergegangen, den ganzen Weg bis zur Hölle. Aber du, mein lieber Freund, du bist nicht allein. Du hast Freunde, Lorraine und mich. Wir lassen dich nicht untergehen. Ich mag dich wirklich sehr. Zum Teufel, mittlerweile bist du wie ein jüngerer Bruder für mich."

Jesse war zutiefst gerührt und versprach Cotton Joe, dass er sich schnellstmöglich wieder fassen würde. Joe deutete rüber zu den Saloons und den Bezirk der gefallenen Engel. „Du bist bereits auf dem Weg zur Besserung, wenn du nur diese Gebäude dort drüben meidest, mein Sohn."

Jesse nickte. „Du hast recht! Dort werde ich keine Heilung finden. Nun, ich mach mich besser auf den Heimweg. Es ist an der Zeit nach Hause zu gehen und mich aufs Ohr zu legen. Bis morgen dann, Joe!"

Cotton Joe winkte Jesse zum Abschied zu, als dieser seinen müden Körper in den Sattel seiner geduldig wartenden Stute zog.

"Er hat das Gold, das er heute aus der Mine geschürft hat, nicht einmal mit einem Wort erwähnt. Der arme Kerl ist wirklich am Boden zerstört", murmelte Cotton Joe vor sich hin. Er konnte nur hoffen, dass sein Partner sich bald besser fühlen würde. Jesse war zu einem guten Freund geworden und Joe wusste leider aus eigener Erfahrung, wie viel steiniger und mühsamer der Weg zurück in ein anständiges Leben war. Wieviel leichter war es doch auf die Straße nach unten zu geraten.

Zum wiederholten Mal verfluchte Joe die rücksichtslose Frau dafür, dass sie diesen grausamen Brief geschrieben und ihren Mann im Stich gelassen hatte und Joe hoffte aufrichtig, dass sie eines Tages einem passenden Idioten begegnen würde, den sie als Ehemann verdiente. Offensichtlich war sie nichts weiter, als eine egoistische, verwöhnte Göre, die einen anständigen Kerl wie Jesse, der ihr ein gutes Leben ermöglichen wollte, gar nicht verdiente.

* * *

Die nächsten Tage vergingen ohne besondere Vorkommnisse. Lorraine hatte sich kaum im Oriental Saloon oder dem Bird Cage Theater blicken lassen und versuchte Wild Linc so gut es ging aus dem Weg zu gehen. Blonde Mary hatte viel mit dem Rekrutieren neuer französischer Mädchen zu tun, die vor einigen Tagen mit der sogenannten `Katzen Kutsche´ in der Stadt angekommen waren.

Cotton Joe und Jesse kümmerten sich um ihre eigenen Angelegenheiten und arbeiteten täglich in der Mine. Weder Lorraine noch ihre Freunde ahnten etwas von den dunklen Wolken, die sich am Horizont zusammenbrauten.

KAPITEL SECHZEHN

***

DIE MONSUN SAISON WAR IN COCHISE COUNTY ANGEKOMMEN. JESSE WAR überrascht, wie zerstörerisch die Gewitter- und Regenstürme in diesem Gebiet ausfallen konnten. Schließlich war Cochise County normalerweise knochentrocken.

Cotton Joes Planwagen blieb auf dem Rückweg in die Stadt in einer der überfluteten Fahrspuren stecken. Es brauchte viel Zureden, damit die Maultiere endlich in das Wasser traten und die eingesunkenen Räder aus dem Schlamm zogen.

Nicht ohne Stolz stellte Jesse fest, dass sein repariertes Dach jedem Regensturm, der über die Gegend hereinbrach, widerstand. Aber dann erinnerte er sich daran, dass er ja für Maggie so hart an dem Gebäude gearbeitet hatte und seine gute Laune löste sich auf, wie die kühle Morgenluft nach Sonnenaufgang.

Es macht keinen Sinn Salz in eine offene Wunde zu streuen und sich an die wenigen gemeinsamen und glücklichen Momente zu erinnern. Es war vorbei. Er musste nach vorne schauen und seinem Leben einen neuen Sinn geben. Wieder und wieder versuchte er sich das vor Augen zu halten.

Seine Ersparnisse wuchsen kontinuierlich und er hatte zwei großartige neue Freunde seinem Leben. Aber Jesse war ein sehr einsamer Mann, der seine Vision einer besseren Zukunft verloren hatte. Der Schürfer war sich nicht darüber im Klaren was schlimmer war, als Mann allein zu sein oder sich auf nix mehr freuen zu können. Beides schmerzte gleichermaßen.

Zahllose Nächte lag er trotz der Erschöpfung wach. Wieder und wieder fragt er sich ob er etwas hätte tun können, um die Trennung zu verhindern. *Wäre ich immer noch glücklich verheiratet, wenn ich nur ein Kansas geblieben wäre?*

Aber tief in seinem Inneren wusste Jesse, dass es von Anfang an keine glückliche Ehe gewesen war. Es war an der Zeit nach vorne zu schauen und die Vergangenheit ruhen zu lassen. Vielleicht würde er eines Tages eine neue Liebe finden. Vielleicht. *Es bräuchte schon eine sehr außergewöhnliche Frau, um mein gebrochenes Herz zu heilen. Sie müsste ein wahrer Teufelskerl sein ... oder vielleicht so eine spezielle Lady wie Lorraine Bernard?*

Jesse hatte Lorraine in letzter Zeit kaum zu Gesicht bekommen und Cotton Joe hatte ihm erzählt, dass sie Schwierigkeiten mit einem ihrer Freier hatte. Anscheinend hatte sich der Kerl in eine blutsaugende Zecke entwickelt, den sie kaum mehr losbekam.

Jesse war besorgt über diese Neuigkeiten aber Cotton Joe hatte ihm versichert, dass er ihren `Boss´ jeden Abend, wenn sie von der Mine zurückkamen so gut er konnte im Auge behielt. Bis zu einem gewissen Grad beruhigte das seinen jüngeren Partner, aber dennoch konnte er das ungute Gefühl nicht ganz abschütteln.

Der nächste Tag war regnerisch und trübe und die beiden Minenarbeiter konnten im dichten Regen kaum den schlammigen Weg zurück in die Stadt erkennen. Die eisenbeschlagenen Holzräder des Planwagens schnitten tief in den Schlamm ein. Jesse führte die Maultiere an, wann immer der Weg zu rutschig wurde oder sie durch ein überflutetes Stück Straße fahren mussten.

Als Joe den Wagen langsam um eine Kurve lenkte, wurden sie plötzlich von drei Männern auf Pferden angehalten. Die erschöpften, durchnässten Schürfer fragten sich, ob die drei Reiter Hilfe benötigten. Keiner von ihnen sprach ein Wort und Jesse wurde nervös. Er hatte die drei Männer noch nie zuvor gesehen. Aber Joe schien zumindest einen von ihnen zu kennen.

"Linc, was können wir für euch Männer tun?", fragte er kühl. *Hat nicht gerade den Anschein, als ob Joe diesen Burschen mag,* vermutete Jesse.

Wild Linc blickte die beiden düster an. „Nun, Cotton Joe, du könntest mir helfen meinen Konkurrenten hier loszuwerden!" Er zeigte dabei gehässig auf Jesse. Joe runzelte seine Stirn, aber sein jüngerer Freund neben ihm hatte keine Ahnung, um was es ging.

„Linc, wir wollen keine Schwierigkeiten. Wir sind müde. Es war ein langer Tag und wir würden es wirklich schätzen, wenn du den Weg nicht länger blockieren würdest. Alles was wir wollen, ist diesen Planwagen und unsere müden Knochen nach Hause zu bekommen, bevor wir wieder im Schlamm steckenbleiben." Cotton Joe hatte ruhig und besonnen gesprochen.

Ohne Vorwarnung zog Lincoln Duncan seinen Colt und schoss. Eine Stichflamme kam aus dem Ende des Laufes, gefolgt vom lauten Knall des Schusses, der die Zugtiere erschreckte. Jesse sprang erschrocken vom Kutschbock auf und wurde Zeuge, wie sein Partner Joe stöhnend rückwärts auf die Ladefläche des Wagens fiel und dabei die Zügel aus den Händen verlor.

"Joe! Nein!" rief Jesse verzweifelt und versuchte seinen Freund aufzufangen, als dieser vom Kutschbock rutschte. Das Gesicht des älteren Mannes war eine Maske aus Fassungslosigkeit und Schock. Bevor sein Partner überhaupt reagieren konnte, knallte der Kolben eines Gewehres brutal gegen seinen Schädel und die Welt um ihn herum wurde schwarz als er auf den matschigen Weg stürzte.

* * *

Er wusste nicht, wieviel Zeit vergangen war und das erste was er wahrnahm, war das nervenaufreibende Geräusch tropfenden Wassers. Als er versuchte seine Augen zu öffnen spürte er einen stechenden Schmerz an seiner Schläfe. Ihm war schwindlig und schlecht. Um ihn herum herrschte Halbdunkel. Jesse lag auf hartem Lehmboden und die Luft roch abgestanden und modrig. Er hatte keine Ahnung, wo er sich befand und versuchte sich zu erinnern was passiert war, aber in seinem Kopf herrschte Leere. Die Kopfschmerzen waren so stark, dass er das Gefühl hatte sich übergeben zu müssen.

Plötzlich jedoch vernahm er die Stimmen zweier Männer, die sich in einiger Entfernung unterhielten.

„Warum hast du ihn nicht einfach erschossen, Linc?"

„Mensch du Idiot, dann würde sie ihn auch noch bemitleiden. Nein, ich will ja, dass sie ihn hasst und nicht um ihn trauert. Sie soll ihn verdächtigen, dass er derjenige gewesen war, der ihren Freund Cotton Joe erschossen hat. Also müssen wir den Kerl hier verstecken, bis sie herausfindet, was passiert ist. Wenn alles so läuft wie ich es mir vorstelle, dann wird er von Lorraine selbst vor Gericht gezerrt und ich habe nichts damit zu tun, wenn er am Galgen baumelt. So wird mir dieser Blechsternträger in der Stadt und das Gesetz helfen dieses Bürschchen ganz legal loszuwerden. Und ich kann mich dann als der große Tröster aufspielen."

Wild Linc lachte grausam. Er klang dabei wie ein Wahnsinniger. „Du bist von dieser Frau besessen! Ich schwöre dir, das wird ihr eines Tages das Genick brechen! Wie auch immer, Linc, wir haben unseren Teil erfüllt. Gib mir und meinem Bruder das Geld und wir verschwinden von hier. Wir wollen runter nach Mexiko. Es wäre nicht gut, wenn man uns zusammen sieht, bis Gras über die ganze Sache gewachsen ist."

„Da hast du recht! Hier ist euer Silber wie versprochen. Reserviert mir ein paar hübsche Señoritas da unten."

"Darauf kannst du dich verlassen", versprach der andere Halunke. „Früher oder später verlierst du sowieso das Interesse an dieser Bernard."

Jesse versuchte der Konversation zu folgen, aber plötzlich wurde es totenstill. Die Banditen waren vermutlich gegangen. Er war nun bei vollem Bewusstsein, aber sein Kopf schmerzte und es fiel ihm schwer sich zu konzentrieren.

So wie es aussah, wurde er in einem alten Schuppen oder leerstehenden Stall gefangen gehalten. Ihm war so schwindlig, dass er immer wieder die Augen schließen musste, weil sich der Raum ständig zu drehen schien. Plötzlich hörte er schwere Schritte von Stiefeln und wurde brutal in die Rippen getreten.

"Du kleiner Dreckskerl hast wohl gedacht du könntest dich in mein Revier schleichen und mir meine Lorraine stehlen, nicht wahr?" Jesse antwortete nicht.

"Lass mich etwas klarstellen: Wenn sie herausfindet, dass du verschwunden bist und ihr Partner erschossen wurde, dann wird sie ganz schnell zwei und zwei zusammenzählen. Das wird das Ende deiner Freundschaft mit meiner Frau bedeuten. Sie wird dich hassen und vermutlich sogar selbst dafür sorgen, dass du ein Rendezvous mit dem Henker bekommst. Was für eine Ironie des Schicksals. Ausgerechnet die Person, die dir geholfen hat, in Tombstone einen Fuß auf den Boden zu bekommen, wird dich wohl in die Hölle schicken, wo du hingehörst. Dann wird der Weg für mich frei sein, um den kleinen Vogel ein für alle Mal einzufangen. Du hättest Linc Duncan niemals in den Weg kommen sollen, du verrückter Narr. Es wäre besser für dich gewesen, wenn du niemals ein Fuß in dieses Territorium gesetzt hättest."

Jesse war sich nicht sicher, ob er alles richtig verstand was dieser Bursche erzählte. Aber was ihm mit aller Deutlichkeit klar wurde war das grausame Bild wie Cotton Joe von seinem Sitz auf die Ladefläche des Wagens gefallen war. Jesse erinnerte sich plötzlich wieder an die Schusswunde in Joes Brust. Die Erinnerung verstärkte zusätzlich die pochenden Kopfschmerzen.

Um Himmels Willen, jetzt weiß ich wieder alles. Sie haben uns auf dem Weg von der Mine zurück in die Stadt aufgelauert. Dann hat jemand auf Joe geschossen. Dieser Kerl war es. Was ist mit Joe passiert? Ist er tot? Er muss es wohl sein.

Eine immense Trauer erfüllte Jesses Herz. Joe war sein bester Freund in Tombstone gewesen. Mehr noch, er war der beste Freund gewesen, den er je in seinem Leben gehabt hatte.

"Dafür mach ich dich fertig! Ich schwöre es bei Gott und wenn es das Letzte ist, was ich in dieser Welt tue."

Jesses Sicht verschwamm und sein Herz raste. Die Wut in seiner Brust breitete sich aus wie ein brennendes

Feuer im offenem Gelände. Wild Linc lachte wie ein Geisteskranker.

"Weißt du was, du Versager? Im Moment sieht es so aus, als ob ich die besseren Karten in der Hand halte. Du wirst hier nicht entkommen und ich höchstpersönlich werde dich zum Marshal bringen und als Mörder von Cotton Joe abliefern. Aber zuerst werde ich dafür sorgen, dass es so aussieht, als ob du dich ein paar Tage versteckst und auf der Flucht bist für das furchtbare Verbrechen, dass *du* begangen hast.

KAPITEL SIEBZEHN

***

LORRAINE GING WIE EIN GEFANGENES TIER NERVÖS IN IHREM WOHNZIMMER AUF und ab. Sie hatte Cotton Joe und Jesse bereits vor Stunden zurückerwartet, um ihnen ihren Wochenlohn auszuhändigen. Beide waren nicht aufgetaucht und es wurde bereits dunkel. Die Frau hatte trotz ihres jungen Alters einen gut entwickelten Instinkt und wusste sofort, dass etwas nicht stimmte. Gerade als sie darüber nachdachte, ob sie jemanden bitten sollte zur Mine zu reiten, hörte sie ein Tumult draußen auf der Allen Street.

Zuerst dachte Lorraine es wäre einer der üblichen Saloon Schlägereien, die auf der Straße vor dem Lokal ausgetragen würde, aber dann entdeckte sie wie Cotton Joes leerer Planwagen schnell die Straße entlang donnerte. Männer sprangen laut fluchend auf die Seite. Die Maultiere rannten schnurstracks auf das kleine Haus zu, denn es war das ihnen vertraute Zuhause. Zu Lorraines Erstaunen befand sich allerdings niemand auf dem Kutschbock.

Lorraine riss die Haustüre auf, packte hektisch ihren langen Rock, zog ihn ein Stück nach oben und rannte über die Straße zu Joes Haus. Sie versuchte die nervösen Tiere zu beruhigen, aber diese schnaubten mit weit aufgerissenen Augen und aufgeblähten Nüstern. Es war offensichtlich, dass sie in Panik eine lange Strecke gerannt waren, denn beide Tiere schäumten vor Schweiß.

Wo zum Teufel stecken Cotton Joe und Jesse Connor? Erst da entdeckte sie den zusammengekrümmten Körper ihres Freundes Joe, der auf der Ladefläche des Gefährts lag. Er war leichenblass und lag auf den Holzplanken in einer Lache seines Blutes.

Sie schrie um Hilfe und sofort kamen ein paar Männer angelaufen, die ihr bei den erschöpften Maultieren zur Hand gingen. Andere drehten den Verletzten vorsichtig auf seinen Rücken.

Lorraines Stimme war kaum mehr als ein Flüstern als sie fragte: „Oh mein Gott, ist er tot?" *Was um alles in der Welt ist denen beiden zugestoßen und wo steckt Jesse?*

Der Doktor kam angerannt und bei jedem Schritt schlug seine schwarze Ledertasche gegen sein Bein. Er öffnete das mit Blut getränkte Hemd von Cotton Joe und wusste sofort über die Art der Verletzung Bescheid.

"Er wurde erschossen. Es ist zu spät ihm zu helfen." Der Doktor wollte sich gerade umdrehen und gehen als Lorraine ein ganz schwaches Stöhnen hörte und aufgeregt hinter dem Knochenbrecher herrief.

"Doktor Goodfellow, kommen sie sofort zurück! Ich glaube er lebt noch. Sie müssen die Kugel entfernen!"

Doktor Goodfellow überprüfte den Puls und nickte. „Bringt ihn rüber zu meinem Haus! Schnell! Aber seid vorsichtig, sein Puls ist sehr schwach. Dreht auf keinen Fall seinen Oberkörper! Wir müssen verhindern, dass sich die Kugel verschiebt. Es sieht so aus, als ob das Geschoss gefährlich nah an der Lunge ist."

Lorraine hielt Cotton Joes kalte Hand. *Wo um Gottes*

Willen steckt Jesse? Ist er auch angeschossen? Wurden die
beiden an der Mine überfallen?

Zu viele Fragen quälten sie, während sie um das Leben
ihres engsten Vertrauten bangte.

Cotton Joe lag auf dem Operationstisch in Doktor
Goodfellows Haus. Als der Doktor die Schusswunde untersuchte, stöhnte Joe leise auf. Die Lady der Nacht war
an seiner Seite und bemerkte nicht einmal die Blutflecken
auf ihrem schönen Kleid. Der lebensgefährlich verletzte
Mann flüsterte etwas.

Sie beugte sich zu ihm runter und versicherte ihm, dass
sie bei ihm war, aber sie konnte kaum verstehen was er ihr
zu sagen versuchte. Da legte sie ihr Ohr beinahe an seine
Lippen und schließlich hörte sie, wie er „Jesse" flüsterte.

Doktor Goodfellow wurde nachgesagt einer der besten
Chirurgen des Landes zu sein und er hatte bereits zahlreiche
Schusswunden in dieser rowdyhaften Stadt behandelt. Es
kam ihr so vor, als ob die Operation endlose Stunden dauerte und Lorraine versuchte dem Doktor so gut sie konnte
zu assistieren. Endlich gelang es Goodfellow die Bleikugel
mit einer langen Pinzette aus dem Brustkorb zu ziehen
und er ließ diese mit einem lauten Klimpern in eine kleine
Metallschüssel neben dem Tisch fallen. Nachdem er die
Wunde genäht und verbunden hatte, schätzte Goodfellow
die Überlebenschancen von Cotton Joe bei weniger als
dreißig Prozent ein.

Lorraine blieb stundenlang an der Seite des verletzten
Mannes und betete für ihn. Mehr konnte sie im Moment
nicht für ihn tun.

Bislang fehlte jede Spur von Jesse Connor und sie
schwankte zwischen Sorge um ihn und Verwirrung darüber,
warum er nicht an der Seite von Cotton Joe war.

„Was ist nur da draußen passiert? Sie müssen überfallen

worden sein. Das ist die einzige Erklärung", murmelte sie leise vor sich hin.

Sie beschloss gleich am nächsten Morgen zusammen mit Richter Taylor zur Mine hinaus zu reiten. Vielleicht konnten sie etwas über Jesses Verbleib herausfinden.

Sie schlief kaum in dieser Nacht und lief sehr früh am darauffolgenden Morgen hinüber zum Haus des Richters. Als die beiden eine Stunde später bei der Mine ankamen war das Tor nicht nur zu, sondern auch mit der Eisenkette und dem Vorhängeschloss gesichert. Alles war so, wie es sein sollte.

"Seltsam," grübelte Taylor. "Offensichtlich sind sie doch nicht überfallen worden, zumindest nicht hier an der Mine. Hatte Cotton Joe den Beutel mit dem Silber an seinem Körper als du ihn auf seinem Wagen gefunden hast?"

Lorraine schüttelte ihren Kopf. *Warum zum Teufel war Jesse verschwunden anstatt sich um seinen verletzten Partner zu kümmern?*

Der junge Bursche war nirgends in der Stadt auffindbar. *Wer hat Cotton Joe angeschossen? Warum hat Joe Jesses Namen erwähnt?*

Fragen über Fragen für die sie noch keine Antworten hatte. Langsam, aber sicher keimte der Verdacht in ihr auf, dass Jesse vielleicht ihr Vertrauen missbraucht hatte. Schließlich wusste er mittlerweile über das Gold in der Mine Bescheid.

Normalerweise brachte Joe das geschürfte Gold jeden Tag von seiner Schicht in die Stadt mit, weil es zu riskant war dieses in der Mine zu lassen. Aber sie hatten weder Silber noch Gold am Körper ihres armen Freundes gefunden. Der Lederbeutel, den er normalerweise unter seinem Hemd trug, war verschwunden, genauso wie ihr zweiter Minenarbeiter Jesse. *Was, wenn er Cotton Joe angeschossen hat?* Die dunkelhaarige Schönheit schüttelte verzweifelt ihren Kopf.

Jesse würde so eine bösartige Tat nie begehen, oder vielleicht doch? Er war definitiv nicht mehr derselbe Mann, seit ihn seine Frau so im Stich gelassen hatte.

Eine dunkle Wolke des Misstrauens umhüllte Lorraines Herz. Etwas an den ganzen Umständen war äußerst seltsam. Sie musste Jesse finden. Sollte sie dabei herausfinden, dass er irgendetwas mit dem Überfall zu tun hatte oder sogar er derjenige gewesen war, der auf seinen Partner geschossen hatte würde sie dafür sorgen, dass er am Galgen enden würde. Was sie für ihn empfand würde dann keine Rolle mehr spielen.

Sie betete zu Gott, dass sie sich irrte und dass sie ihr gutes Bauchgefühl über Jesse nicht betrogen hatte.

„Weißt du Richard, wenn Jesse nichts mit dem Hinterhalt zu tun hat, dann ist er sicherlich mausetot und liegt irgendwo hier draußen."

Der Richter nickte zustimmend. Mit vor Sorgen gerunzelter Stirn wendete sie ihr Pferd und beide ritten zusammen zurück nach Tombstone. Richter Taylor schwieg. Er spürte ihre Angst und Unbehagen. Er wusste wieviel Joe Lorraine bedeutete. Der arme Kerl hatte zwar die Operation überstanden, aber er kämpfte noch immer um sein Leben.

***

Jesse war allein in der Stille seines Verlieses zurückgeblieben. Wild Linc musste den alten Schuppen verlassen haben. Jesse hatte Schmerzen. Seine Zunge war dick angeschwollen und er hatte furchtbaren Durst. Sein Magen rebellierte noch immer. Er versuchte aufzustehen, aber seine Hände waren auf seinem Rücken zusammengebunden und das dünne Seil schnitt in seine Handgelenke ein. Auch seine Füße waren zusammengebunden, was es für ihn sehr schwer machte überhaupt aufzustehen. Jesse wurde schier verrückt vor Sorgen um Joe und fragte sich, ob sein Freund vielleicht die Schusswunde überlebt hatte.

Wahrscheinlich eher nicht. Jesse verstand nicht in was er da hineingeraten war, aber dann fielen ihm wieder die Worte ein, die Wild Linc ihm verächtlich ins Gesicht geschrien hatte. Der Schurke hatte behauptet, dass er Lorraine `gestohlen´ hätte.

„Es geht nur um Lorraine", flüsterte er und plötzlich verstand er.

Dieser Duncan Typ denkt er hat Anspruch und Rechte auf Lorraine und dass ich ihm irgendwie dabei im Weg stehe. Er muss also der Freier sein, der Lorraine in letzter Zeit so dermaßen belästigt hat. Mein Gott, dieser Mann ist von ihr besessen und außerdem äußerst gefährlich.

Es war ein schier unerträgliches Bild für Jesse, sich Lorraine in den Armen eines solchen Monsters vorzustellen. „Was für ein ekelerregender Gedanke", stöhnte er. Prompt rebellierte sein Magen noch mehr.

Der Gefangene schloss seine Augen, versuchte nachzudenken und dabei die hämmernden Kopfschmerzen zu vergessen. Er hatte Angst davor, dass Lorraine die Lügen von diesem Lincoln glauben würde und tatsächlich denken könnte, dass er seinen Freund Joe erschossen hatte. „Ich kann nur hoffen, dass sie das schmutziges Spiel dieses Kranken durchschaut", flüsterte er beunruhigt in das Halbdunkel des Schuppens.

„Joe ist der beste Freund, den ich je hatte. Ich würde ihm nie etwas antun. Ich hoffe sie weiß das."

Der ehemalige Farmer würde seinen Partner mit seinem eigenen Leben schützen, wenn er müsste. Aber dann erinnerte er sich daran, wie Lorraine und Joe ihm die Wahrheit über die Goldader anvertraut hatten. Der Überfall hatte zum perfekten Zeitpunkt stattgefunden, um Lorraines Misstrauen tatsächlich zu schüren. *Zum Teufel nochmal, sie glaubt sicher, dass mich die Gier nach dem Gold gepackt hat. Ich hoffe, ich kann sie vom Gegenteil überzeugen. Falls ich sie überhaupt noch einmal sehe. Zur Hölle, ich muss einen Weg aus diesem Loch hier finden.*

Er musste entkommen und alles daran setzen mit Lorraine allein zu sprechen. Es musste ihm einfach gelingen, sie davon zu überzeugen, dass er nicht auf Joe geschossen hatte und dass es Wild Linc war, der hinter all dem steckte.

Er hatte keine Ahnung, wie lang dieser Irre weg sein würde also machte sich Jesse daran zu versuchen seine Fesseln zu lösen. Obwohl er sich anstrengte und über enorme Kraft verfügte, lockerte sich das Seil um seine Handgelenke nur minim. Aber zumindest gelang es ihm sich schwankend auf seine Füße zu stellen. Er hüpfte durch den Schuppen, bis er endlich eine scharfe Kante an der rückwertigen Wand des Schuppens fand. Er rieb die Fesseln immer wieder darüber und ignorierte dabei den Schmerz in seinen Schultergelenken. Es dauerte nicht lange und seine Hände waren übersät mit schmerzhaften Holzsplittern, die tief unter die Haut eindrangen und seine Schultern fühlten sich an, als ob sie ausgekugelt würden.

Er war rasend vor Wut, dass Wild Linc seinen Freund wie einen Hund abgeknallt hatte und ihm nun den Mord in die Schuhe schieben wollte. „Ich schwöre bei Gott, ich werde diesen Bastard mit meinen eigenen Händen umbringen", knurrte er wütend. Blanker Hass raste durch seinen Körper und er zerrte wie ein verrückter an seinen Fesseln. Die vielen Wochen, in denen er das Silber und Gold aus dem Fels gemeißelt hatte, machten sich nun bemerkbar. Seine Armmuskeln wölbten sich, das angerissene Seil gab plötzlich nach und seine Hände waren frei.

Die Schultergelenke hatten keine Zeit, sich an die veränderte Haltung anzupassen und ein scharfer stechender Schmerz raste durch seinen Oberkörper. Seine Arme hingen nach unten, wie die gebrochenen Flügel einer Krähe. Jesse rieb seine tauben Handgelenke. Es brannte, als die Blutzirkulation zurückkehrte, aber er hatte keine Zeit sich selbst zu bemitleiden.

"Schnell, zum Henker mach, dass du hier rauskommst!" Er band seine Füße los und trat so hart er nur konnte gegen die Bretter der Wand vor ihm. Jesse wusste, dass er sich so rasch wie möglich aus dem Staub machen musste. Eine zweite Chance würde er mit Sicherheit nicht bekommen. Er hoffte, dass Wild Linc weit genug entfernt war, dass er den Lärm nicht mitbekam.

Wieder und wieder trat er erbarmungslos wie ein wild gewordener Hengst gegen die alten Bretter und endlich gaben ein paar der rostigen Nägel nach. Mit einem lauten Knall brachen zwei Holzplanken durch. Es klang laut wie ein Gewehrschuss. Jesse schickte ein Stoßgebet zum Himmel und hoffte, dass niemand ihn gehört hatte.

Die Öffnung war groß genug für ihn und bot ihm den Weg in die Freiheit. Als er sich durch das Loch zwängte, zerriss er dabei sein Hemd, aber das kümmerte ihn nicht. Er wählte eine Richtung und rannte wie von Sinnen los. Er wusste nicht, wo er war, aber er rannte so schnell ihn die Beine trugen. Er ignorierte die unerträglichen Kopfschmerzen, die ihm der Schlag des Gewehrkolbens verpasst hatte.

Endlich sah er ein Stück Land, dass ihm bekannt vorkam. Eine Ansammlung von Pappeln wies darauf hin, dass er vermutlich nicht zu weit entfernt vom Ufer des San Pedro Flusses war. Der Flüchtige versuchte kurz hinter einem Fels versteckt zu Atem zu kommen. Jesse war durstig und erschöpft und hinter seiner Schläfe klopfte sein Puls wie ein schmerzhaftes Echo seines Herzschlags. Er hatte keine Waffen, um sich selbst zu verteidigen und wusste nicht, wie es ihm gelingen sollte Lorraine von seiner Unschuld zu überzeugen.

Einen verzweifelten Moment lang war er so überwältigt von der Misere, in der er steckte, dass er ernsthaft in Erwägung zog aus dem Territorium zu fliehen. Es wäre bedeutend sicherer als nach Tombstone zurückzukehren, wo der Sheriff mit Sicherheit bereits ein Aufgebot gegen ihn zusammengetrommelt hatte. Wild Linc hatte vermutlich bereits die Herzen der Leute in der Stadt vergiftet.

Aber Jesse wusste, dass er nicht davonlaufen konnte. Beschämt über sich selbst schüttelte er seinen Kopf. Er war ein Mann von Rechtschaffenheit und Ehrlichkeit. "Ich werde nach Tombstone zurückkehren, um mich selbst zu verteidigen. Ich bin unschuldig!" Außerdem hatte er nicht vor sein schwer verdientes Geld, das im Safe der Bank lag, zurückzulassen.

Wir werden schon sehen, wer der Stärkere von uns beiden ist, Lincoln Duncan. Mein gesamtes bisheriges Leben habe ich noch nie solch einen Halsabschneider getroffen. Ich werde dafür sorgen, dass du für das, was du meinem Freund Joe angetan hast, in die Hölle kommst!

Im Prinzip war es ihm egal, was die Leute in der Stadt von ihm dachten. Bei Lorraine verhielt sich das allerdings anders. Er wollte auf keinen Fall, dass sie ein falsches Bild von ihm bekam. Sie war von Anfang an großzügig und hilfsbereit gewesen und verdiente es, die Wahrheit zu erfahren.

Also bemühte er sich wieder auf die Füße zu kommen und ging langsam auf die Gruppe der Pappelbäume zu. Als er am Ufer des San Pedro Flusses ankam hatte die

Dämmerung bereits eingesetzt, aber er versuchte noch ein bisschen weiter zu laufen in der Hoffnung, dass er Duncan von seiner Spur ablenken konnte. Jesse befürchtete, dass dieser in der Zwischenzeit seine Flucht bemerkt hatte und ihn bereits verfolgte. Der erschöpfte Flüchtling ließ sich auf die Knie fallen. Er trank gierig von dem Wasser und kühlte seine Kopfwunde. Er stöhnte auf, als er die schmerzende Stelle mit seinem nassen Halstuch abtupfte.

Er befeuchtete sein Bandana abermals und wickelte es wie ein Stirnband um die Schläfen um das Klopfen der Kopfschmerzen zu lindern. Nachdem er sich ein paar Minuten ausgeruht hatte, überquerte Jesse den Fluss an einer seichten Stelle und marschierte im Halbdunkel der Dämmerung weiter.

Plötzlich vernahm er das Knacken von Zweigen und er blieb bewegungslos stehen und lauschte. Dann duckte er sich vorsichtig hinter den Stamm eines Baumes und versuchte herauszufinden, ob ihm jemand folgte. Sein Herz schlug ihm bis zum Hals. In seiner Brust breitete sich die Angst aus, dass der gefährliche Wegelagerer ihn eventuell schon überholt hatte. Schließlich hatte der Mann, der ihn von ganzem Herzen hasste, ein Pferd und Jesse versuchte auf seinen noch immer wackligen Beinen zu fliehen. Er achtete auf jedes Geräusch, das er hörte und wartete regungslos wie eine Steinstatue im Gebüsch.

Plötzlich brach ein Esel durch das Unterholz und starrte ihn mit großen dunklen Augen erschrocken an. Vielleicht war das Tier von einer der Minen entkommen. Erleichtert und sich ein bisschen lächerlich vorkommend atmete Jesse zitternd aus.

„Du versuchst dich wohl vor den Leuten zu verstecken, nicht wahr?" Der Esel schnaubte bestätigend, trat dann einen Schritt nach vorn, leckte Jesses Hand und brachte den Mann damit zum Lächeln.

"Du passt besser auf, dass sie dich nicht einfangen, mein pelziger, grauer Freund!" Als ob der Esel ihn verstanden hatte, drehte er sich um und verschwand tiefer ins Unterholz. *Hätte ich den Esel einfangen sollen und auf ihm in die Stadt reiten? Nein, es wird einfacher sein mich zu Fuß nach Tombstone zu schleichen.*

Wieder starrte der junge Minenarbeiter in das Gebüsch und wartete noch ein paar Minuten bevor er es wagte, sich weiterzubewegen. So wie es aussah war das arme Tier allein unterwegs gewesen. Er hoffte sehr, dass die Kojoten oder Pumas das graue Lastentier nicht erwischen würden. Jesse hatte Esel schon von Kindesbeinen an immer gemocht und dieses Exemplar war ein besonders hübsches gewesen mit einer sternförmigen Blesse auf seiner Stirn.

Es wurde für den Mann immer schwerer weiterzugehen, denn die Erschöpfung und die Dunkelheit gestalteten den Weg gleichermaßen beschwerlich.

"Gott vergibt mir, aber ich bin so müde und ich muss mich endlich ausruhen. Ich kann einfach nicht mehr weitergehen. Lieber Himmel, diese Kopfschmerzen bringen mich um!"

Jesse stolperte durch einen ausgetrockneten Nebenlauf des Flusses und entdeckte ein altes, zerfallenes Haus am Rande der Böschung. Drei der Adobe Wände aus Lehm standen noch, aber das Dach war längst eingestürzt. Jesse überlegte einen Moment, ob es wirklich klug sein würde sich in dieser Ruine zu verstecken, aber sein müder Körper ließ ihm keine andere Wahl. Er musste sich dringend ein wenig ausruhen und die Wände boten zumindest einen Sichtschutz.

"Gott, mach dass ich nicht auch noch auf eine Schlange

oder Skorpion treffe. Er klopfte mit einem Ast gegen die Lehmwände, um sicherzugehen, dass alle Kriechtiere die Überreste der Behausung für diese Nacht verlassen würden. Dann endlich setzte sich Jesse ächzend auf den Boden und lehnte seinen Rücken gegen die Wand, die noch immer die Wärme des Tages abgab. Er behielt seine Stiefel an und obwohl die Unterkunft nicht sehr komfortabel war, fiel er sofort in einen oberflächlichen Schlaf. Schreckliche Alpträume über seinen sterbenden Freund Cotton Joe und Lincoln Duncan mit dem Gesicht des Teufels quälten ihn im Schlaf.

Jesse wachte eine Stunde vor Tagesbeginn auf und zog sich mühsam auf seine Füße. Er fühlte sich, als ob er von einer Postkutsche überfahren worden war. Dennoch machte er sich auf den Weg hinunter zum Ufer des San Pedro.

Er stolperte an dem niedrig dahinfließenden Wasser entlang, bis er an die kleine Schürfer Siedlung Fairbanks in der Nähe von Tombstone kam. Wenn er überleben wollte, durfte er auf keinen Fall gesehen werden. Daher mied er Fairbanks und drehte nach rechts ab, um sich durch die Hügel der Umgebung der Stadt Tombstone von der Rückseite her zu nähern.

Das Risiko gefangen genommen zu werden war sehr hoch und deshalb versuchte Jesse Connor alles, das Zusammentreffen mit anderen Menschen zu verhindern. Aber je näher er an Tombstone herankam, umso schwieriger wurde es. Der verzweifelte Mann kam nur langsam vorwärts und die Stunden vergingen schnell.

Als der erschöpfte Jesse endlich am Stadtrand ankam, war es bereits später Nachmittag und er beschloss in einem stillgelegten Minenschacht in der Nähe zu warten, bis es dunkel wurde. Dann wollte er zu Lorraines Haus laufen, welches glücklicherweise am Stadtrand stand. Er hoffte, dass er zu ihr gelangen würde, ohne von jemandem gesehen zu werden.

Gütiger Himmel, ich hoffe, dass sie mir zuhört. Sie muss mir einfach glauben! Er saß auf dem Boden hinter dem Eingang des dunklen Tunnels und überlegte sich, wie er Lorraine am besten die Wahrheit beibringen könnte.

Als die Sonne in majestätischen Farben unterging, trat er aus dem stillgelegten Schacht. Vorsichtig näherte er sich dem weißen Haus. Es wurde rasch dunkel und Jesse war froh darüber.

Er war erleichtert, als er den warmen Schein der Petroleumlampen durch die Vorhänge von Lorraines Wohnzimmer leuchten sah. Er spähte durch das Fenster, um zu sehen, ob sie allein war. Er entdeckte sie in ihrem Schaukelstuhl, wo sie in ein Buch vertieft war. Eine warme, weiche Decke lag auf ihrem Schoss. Sie sah zauberhaft aus und die Szene sah so friedlich aus, dass es Jesse einen Stich ins Herz versetzte. Er hatte große Angst, dass sein Erscheinen und was er zu berichten hatte, diese friedliche Atmosphäre in ihrem Haus zerstören könnte.

Er war über die hässliche Entwicklung der Dinge in den letzten paar Tagen am Boden zerstört. Cotton Joe hatte vermutlich mit dem Leben bezahlt, weil ein liebeskranker Wahnsinniger Lorraine verfolgte und er, Jesse selbst, hatte nicht nur seine Frau verloren, sondern vermutlich auch seine beiden besten Freunde. Wenn es ihm nicht gelingen würde sich zu verteidigen, würde er sogar sein eigenes Leben am Galgen verlieren.

Wild Linc und meine undankbare Frau haben alles verdorben. Oh, wie sehr ich die beiden hasse! Ich wünschte sie wären beide tot! Möge Gott mir vergeben, aber *die beiden verdienen es nicht zu leben!*

Jesse versuchte sein Bestes, die entsetzlichen Gedanken zu verdrängen, denn er musste ruhig und gefasst bleiben und alles daransetzen, Lorraine zu überzeugen, dass er nichts mit der Schießerei zu tun hatte und er ihr Vertrauen wert war.

Als er endlich leise an die Türe klopfte, zitterte er vor Nervosität und Müdigkeit wie ein vom Wind geschütteltes Blatt an einem Ast.

Lorraine trat an ihre Haustüre und öffnete diesen einen schmalen Spalt. Als sie ihn erkannte, riss sie erschrocken ihre Augen auf. Noch bevor sie etwas sagen konnte, legte er schnell seinen Zeigefinger an seine Lippen und deutete ihr, zurück ins Haus zu treten. Es war offensichtlich, dass sie sehr überrascht war ihn hier vor ihrer Haustüre zu sehen, aber dennoch zögerte sie nicht, sondern trat zurück und hielt die Tür für ihn auf.

Er trat rasch in das Wohnzimmer, schloss die Türe und lehnte sich einen Moment mit geschlossenen Augen dagegen. Er versuchte seine Emotionen unter Kontrolle zu bekommen, während sie ihn nur schweigend anblickte. Er bemerkte wie blass und dünn ihr Gesicht wirkte.

Endlich fand sie ihre Stimme wieder und zischte ihn zornig an. „Wo bist du gewesen, du Bastard? Warum warst du nicht an Cotton Joes Seite als er wie ein Straßenköter abgeknallt wurde? Was hast du hier zu suchen?"

Jesse hob beschwichtigend seine Hände. „Lorraine, ich flehe dich an mir zuzuhören! Bitte! Ich habe mit dem Überfall nichts zu tun! Ich habe nicht auf Joe geschossen! Wir waren auf dem Weg zurück von der Mine, als sie uns überfallen haben."

"Du behauptest also, jemand hat euch ausgeraubt?" Ihre Arme waren ablehnend über ihrer Brust gekreuzt und ihm war klar, dass sie umgehend Antworten haben wollte. *Mein*

Gott, muss sie ausgerechnet heute so schön aussehen? Jesse schluckte verlegen. „Hör mir zu, Lorraine! Ich weiß nicht wieviel Zeit mir bleibt, um dir alles zu erklären, bevor sie mich hier finden. Verzweifelt fuhr er mit seinen Fingern durch seine zerzausten Haare.

Die Frau war beunruhigt und hatte das sichere Gefühl, dass ihr nicht gefallen würde, was Jesse zu berichten hatte.

„Wir wurden von Wild Linc und zwei anderen Banditen angegriffen."

"Wild Linc! Aber…"

Jesse unterbrach sie sofort. „Ich weiß, dass es unglaublich klingt, aber bitte hör mir einfach zu, bis ich meinen Teil der Geschichte erzählt habe. Dann kannst du immer noch entscheiden, ob du mir glaubst oder nicht." Sie schloss ihren Mund und schwieg.

„Er hat ohne Warnung auf Cotton Joe geschossen, aber es war kein Raub. Er hat mich gefangen genommen und will mir den Mord in die Schuhe schieben, damit du mich hasst und dafür sorgst, dass ich gehängt werde."

Sie schnaubte verächtlich auf und schaute ihn wutentbrannt an. „Das ist der größte Unsinn, den ich jemals gehört habe! Lincoln ist mit Sicherheit zwar nicht der ehrenhafteste Mann in dieser Stadt, aber warum sollte er überhaupt an dir interessiert sein? Es sei denn er hätte das Silber stehlen wollen und das hätte er schon vor Monaten versuchen können. Zum Teufel nochmal, ich dachte wirklich du wärst ein Mann, auf den man sich verlassen und mit dem man Pferde stehlen kann. Und nun muss ich rausfinden, dass du nichts als ein Feigling und Lügner bist."

Ihre Worte verletzten ihn tief, wie die Schnitte scharfer Glasscherben und sie stellte seine Geduld auf eine harte Probe.

"Lorraine, dieser Geisteskranke ist besessen von dir.

Er sieht mich als einen Konkurrenten. Ich habe nicht die geringste Ahnung, woher er dieses Hirngespinst hat, aber ich sage die Wahrheit. Linc Duncan hat mich bewusstlos geschlagen und möchte mir den Tod deines Freundes anhängen. Unseres Freundes, denn Joe bedeutet auch mir viel. Es ist mir gelungen aus dem Schuppen, in dem er mich eingesperrt hatte, zu entkommen und ich kann dir diesen Ort zeigen. Ich bin sicher ich finde ihn wieder. Zum Henker nochmal, Lorraine, ein Stück von meinem Hemd hängt sogar noch an einem der Holzbretter, die ich zerbrach, um überhaupt raus zu kommen. Die anderen beiden Banditen haben sich, nachdem dieser hinterhältige Gauner sie bezahlt hat, auf den Weg nach Mexiko gemacht. Ich sage dir die Wahrheit! Schau dir doch meinen Kopf an, dann siehst du die Stelle, wo mich sein Gewehrkolben getroffen hat."

Er drehte sich leicht zur Seite und sie bemerkte schließlich die hässliche Platzwunde und sein vom Blut verklebtes Haar. *Gütiger Himmel, war das wirklich alles möglich oder hatte Cotton Joe auf Jesse eingeschlagen, um sich selbst zu verteidigen?* Sie wusste nicht, was sie glauben sollte. *Ich habe mich in meinem ganzen Leben noch nie so verunsichert gefühlt.*

Jesse bemerkte den Aufruhr ihrer Gedanken, der sich auf ihrem Gesicht widerspiegelte. „Cotton Joe, ist er tot?", fragte er vorsichtig und fürchtete die Antwort mehr als irgendetwas sonst in diesem Moment.

„Nein, noch klammert er sich an das Leben, aber er ist ... „

Die verwirrte Frau wollte gerade den Satz beenden, als sie draußen jemand ihren Namen schreien hörte. „Du meine Güte, das muss Wild Linc sein!"

Eine Welle der Panik raste durch Jesses Körper. *Ich habe nicht mehr genügend Zeit, um sie von meiner Un-*

schuld zu überzeugen. Sie sind sicher vor dem Haus, um mich festzunehmen und wahrscheinlich werden sie mich ohne Verfahren am nächsten Baum aufhängen, dachte der verzweifelte Schürfer.

Lorraine blickte verängstigt in das Gesicht des Mannes, der in ihrem Wohnzimmer stand. *Was soll ich nur tun? Soll ich ihm glauben? Die Geschichte klingt so unwahrscheinlich. Es wäre sicherer, wenn ich ihn verhaften ließe.*

"Lorraine, mach die verdammte Tür auf! Ich muss mit dir reden!"

Wild Lincs grobe Stimme und sein unverschämtes Benehmen brachten sie in die Realität zurück. Es war, als ob jemand einen Eimer kaltes Wasser über ihren Kopf geschüttet hätte.

Geistesgegenwärtig griff sie nach Jesses Arm und zog ihn in das Zimmer nebenan. „Schnell, versteck dich hier und gib keinen Ton von dir! Ich werde mich selbst um ihn kümmern."

„Lorraine, bitte sei vorsichtig! Dieser Mann ist sehr gefährlich", flüsterte Jesse ihr zu.

Sie nickte, dann schloss sie die Tür hinter ihm. Auf dem Weg zur Haustüre versuchte sie ihr gewohntes Selbstbewusstsein aufzusetzen. „Lincoln, was um alles in der Welt ist los mit dir? Was soll das Theater vor meiner Haustüre zu dieser späten Stunde? Ich werde heute Abend nicht in den Saloon kommen. Also geh wieder und wir sehen uns an einem anderen Abend! Ich habe gehört, dass du in letzter Zeit ja genügend Gesellschaft unter den französischen Flittchen gefunden hast."

Wild Linc stapfte einfach an ihr vorbei und erzwang sich Zutritt in das Haus. Er ignorierte ihre Bemerkung über sein Abenteuer mit den kleinen Französinnen. Es machte Lorraine nervös, dass er nun mitten in ihrem Zufluchtsort stand.

"Soll ich dir mal was sagen, Lorraine? Dein so sehr geschätzter Freund Jesse Connor ist derjenige, der Cotton Joe niedergeschossen und ausgeraubt hat. Er ist ein eiskalter Mörder! Ich habe ihn gefangen genommen, aber unglücklicherweise ist er entkommen. Das allein beweist schon, dass er schuldig ist. Warum sonst sollte er davonrennen und sich feige vor dem Gericht drücken? Nein mein Mädchen, dieser nichtsnutzige Halunke hat nicht nur Cotton Joes Vertrauen missbraucht, sondern auch deines. Wir müssen ihn verhaften! Lass uns ein Aufgebot zusammenstellen, das nach dem Verbrecher sucht und dann bekommt er das, was er verdient-einen hübschen, kalifornischen Kragen um seinen lausigen Hals."

Lorraine blickte Wild Linc entsetzt ins Gesicht. *Mein Gott, er ist voller Hass gegen Jesse! Aber wer von den beiden lügt und wer erzählt die Wahrheit? Ich muss ihm eine Falle stellen!*

Also schaute sie Lincoln offen ins Gesicht. „Du behauptest also, er wollte Joe und die Mine ausrauben? Wie kannst du da so sicher sein und wie kommt es, dass du ihn fangen konntest? Sieht fast so aus, als ob du zur richtigen Zeit am richtigen Ort warst, oder wie soll ich das verstehen?"

Wild Linc war ganz aufgeregt, dass sein Plan aufzugehen schien und Lorraine offensichtlich anfing, ihm zu glauben. „Ich war zufällig da draußen, um ein Hirsch oder ein Havelina zu jagen und da habe ich einen Schuss gehört. Du hast recht! Ich war zum richtigen Zeitpunkt am richtigen Ort. Er hat mir gestanden, dass er den Tagesertrag der Mine stehlen wollte, um damit davonzureiten. Er muss sich seiner Sache ziemlich sicher gewesen sein."

„Ah, ich verstehe, dann hast du ihn also direkt bei der Mine erwischt?"

„Ja natürlich, mein Liebling. Er hat direkt beim Tor

auf Joe geschossen. Der arme Kerl hatte nicht mal mehr genügend Zeit abzuschließen. Bevor ich etwas unternehmen konnte sind die Maultiere durchgegangen. Müssen wohl von dem Schuss aufgeschreckt worden sein. Joe ist nach hinten gefallen und die Viecher sind auf und davon mit dem Wagen."

Lorraine lächelte Wild Linc charmant an. „Du meine Güte, es sieht so aus, als ob du ein wahrer Held bist, Linc. Das müssen wir feiern! Geh schon mal voraus zum Oriental Saloon und warte dort auf mich! Ich möchte dich dafür belohnen, dass du das Risiko eingegangen bist, einen so gefährlichen Verbrecher zu fangen. Wir werden das Aufgebot morgen früh zusammenstellen und diesen Taugenichts jagen, bis wir ihn erwischen."

Duncan starrte sie überrascht an, denn er hatte nicht mit einer Einladung voller Zuneigung gerechnet. Sein unkontrollierbares Begehren für sie gewann die Überhand und er leckte sich lüstern über seine Unterlippe.

"Lass mich nicht zu lange warten, mein hübsches Vögelchen!"

Sie versprach ihm, dass sie sich beeilen würde und schloss die Haustüre hinter ihm. Dann lehnte sie sich einen Moment gegen den Türrahmen. Sie zitterte und erst jetzt bemerkte sie, wieviel Angst sie gehabt hatte. Die Türe zum anderen Zimmer öffnete sich langsam und Jesse stand abwartend und unsicher im Türrahmen. Sein Gesicht war trotz der Sonnenbräune unnatürlich blass.

Er hatte die gesamte Konversation mitbekommen und konnte nicht nachvollziehen, warum sie am Ende so freundlich zu diesem Monster gewesen war. Hatte sie wirklich Gefühle für Lincoln? Glaubte sie die Lügen dieses Verbrechers?

Lorraine ging langsam auf ihn zu und berührte sanft

die Wunde am Kopf. Er wich mit einem leisen Stöhnen zurück. Die Platzwunde schmerzte immer noch sehr und darunter war eine große Beule sichtbar. Doch plötzlich erinnerte sich Jesse an etwas, dass sie erwähnt hatte, bevor dieser Verrückte aufgetaucht war und es durchfuhr ihn wie ein Blitz.

"Du hast gesagt, Cotton Joe ist gar nicht tot?"

Sie schüttelte ihren Kopf und ihr dickes, glänzendes Haar fiel ihr dabei über ihre Schultern. „Nein, aber er ist immer noch nicht außer Lebensgefahr. Vielleicht überlebt er, aber der Doktor ist sich dessen noch nicht sicher. Es liegt alles in Gottes Händen. Wir können nichts weiter tun als hoffen und beten. Doktor Goodfellow konnte aber zumindest die Kugel entfernen."

Jesse ließ sich auf ein der antiken Stühle fallen. Er musste die Tatsache, dass sein Freund vielleicht doch nicht überleben würde erst einmal verdauen. Die Erschöpfung und die Angst forderten ihren Tribut.

"Glaubst du mir nun meine Geschichte oder nicht?" Sie blickte im offen in die Augen und sagte schlicht „Ja!"

„Warum?" Sie drehte sich von ihm weg und blickte durch das Fenster in die Dunkelheit.

"Er behauptete, dass der Überfall bei der Mine stattgefunden hatte und dass Joe das Eisentor nicht mehr abschließen konnte. Ich selbst war mit Richter Taylor draußen und habe versucht herauszufinden, was geschehen war. Natürlich haben wir auch dich gesucht. Das Tor jedenfalls war mit Cotton Joes Vorhängeschloss verriegelt. Es gab keinerlei Spuren, dass der Schusswechsel dort stattgefunden hat. Da waren keine Patronenhülsen und kein Blut. Alles war völlig normal. Also wusste ich, dass ihr beide zumindest die Mine wie jeden Tag verlassen habt. Offensichtlich hat dieser Bastard gelogen.

"Aber warum um Himmels Willen willst du dich dann immer noch mit ihm treffen?" Jesse blickte sie verständnislos an.

„Niemand würde dir glauben, Jesse! Wir müssen Lincoln eine Falle stellen und benötigen dafür ein paar Leute, die bezeugen können, dass er derjenige war, der Cotton Joe angeschossen und dich gefangen genommen hat.

Verdammt, sie hat recht! Aber wie können wir die Leute hier überzeugen? Als er in ihr schönes Gesicht blickte, sah Jesse wie ein Lächeln darüber huschte.

"Was ist los? Warum lächelst du?"

Sie nickte nur bedächtig. „Ich weiß, wie wir ihn überführen können. Ich werde ihm eine Falle stellen, der er nicht widerstehen kann. Du musst hierbleiben! Geh nirgends hin! Wild Linc darf dich auf keinen Fall sehen! Ich werde den Richter und den Marshal informieren und dann mach ich mich auf den Weg, dieses skrupellose Stück Dreck zu treffen."

Jesse gefiel das Ganze nicht. Mehr denn je hatte er Angst um Lorraines Sicherheit. „Lorraine, wenn das schief geht, wird sich Wild Linc an dir rächen. Er ist kaltblütig und unberechenbar."

Sie bemerkte die Angst in seinen Augen und kam auf ihn zu, um diesen außergewöhnlichen Mann zum Abschied zu umarmen. Es war ein seltsames Gefühl für ihn, die zierliche Frau in seinen starken Armen zu halten und sein Herz hämmerte wie verrückt gegen seine Rippen. Ihr Duft streichelte seine Sinne.

Als sie sich losmachte und sich auf den Weg zu Richter Taylors Haus machen wollte, zog er sie am Arm zurück. Sein Gesicht trug einen wagemutigen "jetzt oder nie" Ausdruck als er sich zu ihr runter beugte und diese großartige Frau küsste. Ihre Lippen waren weich und er spürte, wie überrascht sie über seinen unerwarteten Vorstoß war, aber dann lehnte sie sich an ihn und erwiderte seinen Kuss leidenschaftlich. Was sie beide in diesem Moment empfanden brach über sie herein wie ein Sturm und als sie sich schließlich voneinander lösten, waren ihre Augen dunkel vor Verlangen und ihre Herzen wussten, dass nach diesem Kuss nichts mehr so sein würde, wie es gewesen war.

KAPITEL NEUNZEHN

***

LORRAINE NAHM IHREN SCHAL UND DEN BESTICKTEN SAMTBEUTEL UND VERLIESS
das Haus. Sie fühlte sich aufgewühlt und ihre Beine waren
noch immer etwas weich. Sie hatte viele Männer geküsst,
aber nie hatte es sich so angefühlt. *Reiß dich lieber zusammen, Mädchen! Du hast eine gefährliche Aufgabe vor dir.*

Sie eilte rüber zum Haus von Richter Taylor und informierte ihn über die neuste Entwicklung.

Nur wenige Minuten später verließ der Richter sein
Haus und klopfte an die Türe des Büros des Marshals.
Sein Gesicht zeigte Entschlossenheit.

"Marshal, dies ist eine sehr gefährliche Situation.
Wir können es uns auf keinen Fall leisten einen Fehler
zu machen."

Als die Königin des Rotlichtbezirks endlich an den
Pokertisch des Saloons trat, war Lincoln bereits mitten
in ein Pokerspiel vertieft und neben der Hand, die sein
vielversprechendes Blatt hielt stand ein halb leeres Glas
Whiskey. Er hatte bemerkt, wie Lorraine in den Oriental
Saloon kam und winkte sie zu sich.

"Komm her meine hübsche Taube! Vielleicht bringst

du mir für diese Partie Glück", rief er laut und riss Lorraine grob auf seinen Schoss. Die Mitspieler am Tisch lachten laut auf.

Wie so oft war Lorraine über die Kraft des Mannes überrascht.

Ich wünschte, ich könnte dich mit einem Messer erstechen, du dreckiger Lügner, dachte sie wütend und musste ihre ganze Selbstbeherrschung aufbringen, um ruhig zu bleiben und ihren Charme weiter einzusetzen.

Sie wollte nicht vor Gericht gestellt werden, weil sie dieses Ungeheuer eigenhändig umbrachte. Er war es nicht wert und sie würde dafür sorgen, dass sich das Gesetz und die Gerechtigkeit um ihn kümmern würden.

Lorraine küsste Lincoln und flüsterte, "ich würde sehr gerne ein Glas Champagner trinken, mein Liebster!" Überrascht blickte er sie an.

"Warum denn das? Haben wir etwas zu feiern?"

Sie lachte fröhlich und ihre Stimme hatte dabei einen glockenhellen Klang. "Aber natürlich, mein Hübscher! Zuerst einmal scheinst du ja ein richtiger Held zu sein. Zweitens habe ich gerade wunderbare Neuigkeiten vom Doktor erfahren. Deswegen bin ich auch etwas verspätet zu dir gekommen, mein Schatz."

"Was für Neuigkeiten?", fragte er und kniff dabei misstrauisch die Augen zusammen.

"Stell dir vor, Cotton Joe geht es sehr viel besser. Er ist nicht mehr bewusstlos und kann sogar sprechen. Morgen können wir ihn befragen was da draußen bei der Mine passiert ist und dann werden wir das Aufgebot aufstellen, um diesen Feigling Jesse Connor zu jagen. Mit dir zusammen stehen uns dann zwei Zeugen zur Verfügung und er wird sich vor Gericht für den Hinterhalt verantworten müssen."

Sie lächelte ihn herzlich an, aber Lincoln Duncan wurde

sofort nervös als er das hörte. So bemerkte er auch nicht, dass Lorraines Lächeln zum ersten Mal nicht ihre Augen erreichte. Diese glitzerten kalt und in ihnen spiegelte sich kaum versteckter Zorn.

"Nun mein heldenhafter Liebling, wie wäre es mit etwas gemeinsamer Zeit, nur wir zwei in meiner Kammer? Das hast du dir als Belohnung verdient. Du musst heute nicht einmal bezahlen, mein tapferer kanadischer Löwe!" Sie blinzelte ihm zu und zeigte dabei abermals ihr strahlendes Lächeln.

Aber Wild Linc schob sie plötzlich von seinem Schoß runter. „Nicht heute, meine kleine Taube! Ich fühle mich nicht gut. Ich glaube, ich habe mir den Magen verdorben. Ich geh besser nach Hause und versuch mich ein bisschen auszuruhen."

"Soll ich dir etwas Suppe oder etwas anderes besorgen?" Lorraine spielte die Rolle der besorgten Liebhaberin perfekt weiter. Aber Lincoln schüttelte nur seinen Kopf, ließ die Karten fallen und verließ den Oriental Saloon. Offensichtlich war er in großer Eile nach Hause zu kommen. Er hetzte durch die Dunkelheit Richtung Toughnut Street.

Lorraine beobachtete ihn von der Eingangstüre des Saloons aus. Ihr war klar, dass die Toughnut Street direkt zur Rückseite von Doktor Goodfellows Haus führte und definitiv nicht zu Lincolns Unterkunft auf der anderen Seite der Stadt. Sie hoffte und betete, dass der Plan, den sie und der Richter sich ausgedacht hatten, aufging.

Nicht nur das Leben zweier enger Freunde war in Gefahr, sondern auch ihr Minen Business, denn sie brauchte die beiden zuverlässigen Schürfer an ihrer Seite. Sie alle gingen mit dieser gefährlichen Verschwörung ein großes Risiko ein. Der Plan konnte Wild Linc ein für alle Mal dingfest machen, aber falls sie versagten, würde sich die Falle zu einem tödlichen Bumerang wandeln.

***

Die Straße rund um Doktor Goodfellows Haus war dunkel und niemand war ihm begegnet. „Gut! Ich brauche keine verdammten Zeugen, dass ich hier war", murmelte Wild Linc nervös.

Er wusste, dass sein Leben nicht einmal mehr eine Nickel wert sein würde, falls die Wahrheit über das Attentat auf die beiden Minenarbeiter in der Stadt bekannt werden würde. Er musste so schnell wie möglich handeln. Das was für Lorraine anscheinend gute Neuigkeiten waren bedeutete eine Katastrophe für ihn. Nicht nur würde er die Frau, die ihr so sehr begehrte verlieren, falls sie die Wahrheit herausfinden würde, sondern er würde mit größter Wahrscheinlichkeit auch mit einer Schlinge um den Hals für versuchten Doppelmord vor dem Henker stehen.

Tja, nun muss ich dafür sorgen, dass Cotton Joe niemals die wirklichen Fakten berichten kann.

Er schlich durch die Dunkelheit an die Rückseite der Unterkunft des Doktors. Lincoln wusste, dass es ein extra Zimmer für Kranke auf der Rückseite des viktorianischen Hauses gab.

Er hatte vor einem Jahr selbst in jenem Raum gelegen, weil der Doc eine Stichwunde, die ihm ein anderer Spieler zugefügt hatte, verarzten musste. Wenn er sich richtig erinnerte, gab es ein Fenster, welches er nur nach oben schieben musste, um sich selbst unbemerkt Eintritt in das Haus zu verschaffen. Langsam und jeden Schritt mit Bedacht wählend, ging er auf das besagte Fenster hinter dem kleinen Gebäude zu. Im Haus selbst herrschte Stille und Dunkelheit. Jeder in der Stadt wusste, dass die Privaträume des Doktors im oberen Stockwerk lagen und er um diese Zeit sicherlich schlafen würde.

Wild Link nahm ein Messer aus seinem Gürtel und glitt

vorsichtig mit der Klinge zwischen Fenster und Flügel-
rahmen und entriegelte dieses.

Es dauerte nicht lange und er konnte das Fenster mit
einem leisten Quietschen nach oben schieben. Der gefährliche Mann blieb einen Moment reglos stehen und fragte
sich, ob das Geräusch von jemandem im Haus gehört
worden war. Geduldig stand er da und wartete. Die Minuten
vergingen, aber keine Lampe wurde entzündet und kein
Geräusch drang von den Räumen im oberen Stockwerk zu
ihm nach draußen. Lincoln Duncan schob vorsichtig das
Fenster in seinem verwitterten Rahmen ganz nach oben.

Im Raum herrschte Dunkelheit und abgestandene warme
Luft entkam durch das offene Fenster. Wild Linc setzte
vorsichtig ein Knie auf den schmalen Fenstersims und zog
sich nach oben. Seine schlanke, muskulöse Figur machte
es ihm leicht. Seine Stiefel scharrten leicht über die Auß-
enwand, aber er gab sein Bestes, um jeglichen Lärm zu
vermeiden. Wieder verweilte der Spieler wartend in seiner
geduckten Position und saß auf dem Fenstersims wie ein
sprungbereiter Puma.

Linc musste absolut sicher sein, dass niemand gehört
hatte, wie er in das Haus des Doktors einbrach. Als alles still
blieb kletterte er schließlich durch die Fensteröffnung in
das Zimmer. Es dauerte ein paar Minuten, bis seine Augen
schließlich Umrisse in dem Zimmer ausmachen konnten.
Ein dreiviertel Mond schickte sein blasses Licht durch den
Spitzenvorhang und beleuchtete den Raum ganz schwach.
Wild Linc konnte ein Bett erkennen, auf dem ein Mensch
unter der Decke lag und flach, aber regelmäßig atmete.
Einen Moment lang zog der Attentäter in Erwägung, sein
Messer zu benutzen, aber dann entschied er sich dagegen,
denn er wollte keine Spuren hinterlassen.

Am besten wäre es, wenn Cotton Joe eines natürlichen

Todes sterben würde. Schließlich war er so schwer verletzt, dass man immer damit rechnen müsste, dass sich Zustand in der Nacht verschlechtern konnte. So mancher Verletzte starb im Schlaf. Der Schurke dachte einen Augenblick drüber nach.

Ah, ich glaube, ich habe die perfekte Idee.

Er ging langsam auf das Bett zu und auf seinem Gesicht zeichnete sich ein grausames Lächeln ab.

„Schlaf gut, du alter Narr, denn du wirst das Tageslicht nie mehr erblicken", flüsterte er, während er nach einem kleinen Kissen an der Seite des Betts griff. *Verflucht, der Alte hätte sowieso schon lange tot sein sollen. Ich habe ihn selbst von der Kutsche fallen sehen und ich frag mich, wie er es geschafft hat, überhaupt so lange zu überleben. Scheint ein zäher Bursche zu sein. Wie auch immer, ich bin hier, um das ein für alle Mal zu ändern.*

Der Mann unter der Decke atmete ruhig und Linc sah, wie sich dessen Brustkorb in regelmäßigem Rhythmus hob und senkte. Cotton Joe schien tief und fest zu schlafen. Der hinterhältige Verbrecher hob langsam das Kissen hoch und drückte es dann blitzschnell auf die Stelle, wo er Cotton Joes Gesicht vermutete. Der Mann unter der Bettdecke fing an mit den Beinen zu strampeln, aber der Attentäter kannte keine Gnade und presste das Kissen fest auf das Gesicht, das im Dunkeln verborgen lag.

"Sofort fallen lassen!" Die Stimme war tief und eiskalt. Wild Linc spürte den Lauf eine Pistole, die gegen seine Schläfe gedrückt wurde und stand wie festgefroren neben dem Bett. *Was zur Hölle... Doktor Goodfellow muss ihn also doch gehört haben.*

Die Flamme einer Petroleumlampe flackerte auf und die plötzliche Lichtquelle blendete Linc so sehr, dass dieser einen Moment seine Augen schließen musste. Der Mann unter dem Kissen bewegte sich vorsichtig. Der skrupellose Mörder erschrak sehr, als er sah, wie Richter Taylor unter der Bettdecke hervorgekrochen kam.

Um Himmels Willen, ich habe versucht einen Repräsentanten des Gesetzes zu ermorden. Warum liegt dieser verfluchte Richter und nicht Cotton Joe unter der Decke? Wie war das nur möglich? Der Richter war doch nicht krank, oder?

Dann traf ihn die Erkenntnis wie ein Blitz. *Eine Falle, sie haben mir eine Falle gestellt! Dieser verfluchte Connor muss einen Weg gefunden haben den Richter und den Doktor davon zu überzeugen, dass ich sie überfallen habe.*

Lincoln wusste, dass der geplante Mord an einem Richter vor Zeugen die Todesstrafe am Galgen bedeutete. Diesmal gab es keinen Ausweg, wie er sich aus der Affäre herausreden oder es jemandem anderen in die Schuhe schieben könnte.

Zum ersten Mal in seinem Leben hatte Lincoln Duncan Angst. Der Mann, der ihn mit der Pistole bedrohte, war kein geringerer als Marshal White.

"Duncan, wir haben dich auf frischer Tat ertappt! Los beweg dich! Neben meinem Schreibtisch wartet eine Arrestzelle mit deinem Namenschild daran. Dort bleibst du, bis du vor Gericht gestellt wirst. Richter, nehmen Sie ihm seine Pistole und sein Messer ab!"

Der Richter tat wie ihm geheißen. Er war noch immer rot im Gesicht und versuchte seinen keuchenden Atem unter Kontrolle zu bekommen. Als der Gefangene und der Marshal sich Richtung Türe drehten, sahen sie plötzliche Lorraine im Türrahmen stehen.

Zuerst war Wild Linc geschockt sie dort stehen zu sehen, aber dann ging ihm ein Licht auf. *Sie hat es gewusst! Sie wusste genau, dass ich in eine Falle laufe. Das war also der Grund dafür, warum sie sich plötzlich im Saloon so verführerisch verhalten hatte.*

Wut und blanker Hass rasten durch seine Venen wie ein brennendes Feuer. „Ich verfluche dich, Lorraine Bernard!" *Es war ihre Schuld, dass ich versucht habe, Cotton Joe zu ermorden. Und sie war diejenige gewesen, die mich mit ihren Lügen in diese Falle gelockt hat.*

Sein einst so brennendes Begehren für sie wandelte sich im puren, mörderischen Hass.

"Du! Du hast mich verraten. Du bist nichts weiter als eine schmutzige, verdorbene Hure! Du hättest dich glücklich und geehrt fühlen sollen, dass ich überhaupt in Erwägung gezogen habe, dich zu meiner Frau zu machen. Ich hätte jede andere in der Stadt haben können. Du denkst, du bist etwas Besonderes, aber das bist du nicht! Ich hasse dich, Lorraine! Hörst du mich? Ich hasse dich! Sollte ich jemals die Chance bekommen, aus dem Kittchen zu entkommen, dann werde ich dafür sorgen, dass du auf dem Friedhof endest, das schwör ich dir! Du wirst mit mir zur Hölle fahren und wenn es das Letzte ist, was ich tue!"

Marshal White stieß ihn nach vorne.

"Zieh mal ganz schnell wieder deine Hörner ein! Du hast genug geredet, du hinterhältiger Bastard. Du bist nicht mehr in der Position andere in dieser Stadt zu bedrohen!"

Wild Linc fluchte den gesamten Weg zum Gefängnis und schrie kontinuierlich Obszönitäten gegen Lorraine über seine Schultern zurück.

Die Tür zum Nebenzimmer in Doktor Goodfellows Haus öffnete sich und Jesse Connor betrat den Raum. Er war leichenblass. Jesse war erleichtert, dass dieser gemeingefährliche Bursche verhaftet war, aber die Drohungen gegen Lorraine beunruhigten ihn sehr. Dieser Verbrecher hatte jedes Wort ernst gemeint und war ein kaltblütiger

Mörder. Sollte er jemals die Chance bekommen, würde er versuchen, Lorraine für den Verrat zu töten.

"Wo ist Cotton Joe?" fragte er den Doktor. Dieser deutete nach oben.

"Wir haben ihn in ein sicheres Zimmer gebracht. Er ist noch immer bewusstlos, aber das Fieber ist gesunken und seine Überlebenschancen sind gestiegen."

Jesse war froh, das zu hören. Er wäre am Boden zerstört gewesen, wenn er auch noch seinen besten Freund verlieren würde. Die Freundschaft seines Partners bedeutete ihm sehr viel.

Wenig später verließen sie alle das Haus des Doktors. Nur Goodfellow blieb zurück und schaute nach seinem Patienten. Der Richter zog sich zurück in sein eigenes Heim, aber nicht bevor er Lorraine gefragt hatte, ob sie mit ihm kommen wolle. Jesse wagte nicht, ihre Antwort abzuwarten. Die Ereignisse des Abends waren aufregend genug gewesen. Er drehte sich um und ging davon.

Lorraine dankte dem Richter, dass er das Risiko auf sich genommen hatte, den Lockvogel zu spielen.

„Um ehrlich zu sein, haben mich die heutigen Ereignisse ziemlich erschöpft. Ich würde es bevorzugen den restlichen Abend allein zu verbringen", gab Lorraine zu.

Der Richter blickte besorgt zum Gefängnis rüber, wo der Schurke eingesperrt war. Aber er versuchte sich selbst zu beruhigen, dass dieser vom Marshal und seinen Hilfssheriffs gut bewacht wurde. Diese Männer würden schon dafür sorgen, dass dieses Monster bis zur Gerichtsverhandlung hinter Gitter bleiben würde. Richter Taylor umarmte die Frau flüchtig und wünschte ihr eine erholsame Nacht. Er wollte es vor ihr nicht zugeben, aber das versuchte Attentat hatte auch ihn bis aufs Mark erschüttert und er fühlte sich erschöpft.

KAPITEL ZWANZIG

***

DIE REIZENDE LORRAINE LIEF LANGSAM ZU IHREM HAUS. SIE WAR SEHR BLASS und immer noch über den Tumult aufgewühlt. Sie konnte sich nicht daran erinnern, jemals so müde gewesen zu sein und dennoch wusste sie, dass sie zu aufgeregt war, um schlafen zu können.

Als sie zu Hause ankam, setzte sie sich in ihren geliebten Schaukelstuhl und versuchte in einem Buch zu lesen, aber sie konnte sich nicht konzentrieren. Also legte sie es wieder auf den kleinen Tisch neben ihr.

Die Geschehnisse hatten sie in einen emotionalen Aufruhr versetzt. Jesse unerwartet vor ihrer Türe zu sehen, das traurige Gefühl ihm nicht mehr trauen zu können, dann der überraschende Kuss, der noch immer Schmetterlinge in ihrem Bauch auslöste, all das war überwältigend.

Mein Gott, dieser blanke Hass in Lincolns Augen, als er gefangen genommen wurde.

Lorraine lief ruhelos in ihrem Wohnzimmer auf und ab. Sie hatte sich in ihrem Haus immer sicher und geborgen gefühlt, aber heute schienen die Wände langsam auf sie zuzukommen und sie erdrücken zu wollen. *Sollte Linc jemals entkommen wird er versuchen mich zu töten.* Sie zitterte bei diesem Gedanken.

Das Einzige was sie zum Lächeln brachte, war die Tatsache, dass es Cotton Joe schon etwas besser ging. „Ich bin sehr dankbar dafür, dass Jesse wirklich unschuldig ist und mein Vertrauen nicht betrogen hat", flüsterte sie in das leere Wohnzimmer. Dann ging sie in ihr Schlafzimmer, zog ihr Nachthemd an und legte einen weichen, warmen Schal um ihre Schultern.

Eine Tasse frisch aufgebrühten Tees stand auf dem kleinen Tisch neben dem Schaukelstuhl, aber sie trank nicht daraus. Sie schaukelte vor und zurück und versuchte abermals in dem Buch über Minenmethoden zu lesen, als es plötzlich an ihre Haustüre klopfte. Erschrocken sprang sie auf und holte die kleine Derringer Pistole, die sie in einer Schublade neben ihrem Bett versteckt hatte.

Lorraine hatte Angst die Türe zu öffnen. Sie ging langsam darauf zu und legte zögernd ihre Hand an den Türknauf. Ihr Herz hämmerte gegen ihre Rippen. „Wer ist da?", fragte sie durch die geschlossene Türe. Nach den Drohungen die Wild Linc ausgestoßen hatte musste sie schließlich vorsichtig sein.

„Ich bin es! Jesse!"

Erstaunt schloss sie die Eingangstüre auf und hielt die beiden Enden ihre Schals über ihre Brust zusammen. Er starrte sie verlegen an.

"Ich weiß, es ist nicht gerade die beste Zeit und wahrscheinlich bist du kurz davor zu Bett zu gehen, aber ich habe mich gefragt, ob du mir erlauben würdest ein paar Minuten rein zu kommen.

Sie trat zurück und schaute in sein blasses Gesicht. „Warum bist du hier, Jesse? Wie du siehst, bin ich wirklich nicht passend gekleidet, um einen Besucher zu empfangen!"

Du lieber Himmel, ich muss völlig lächerlich klingen. Ich, die meinen Körper an Männer verkauft, beklag mich allen Ernstes, dass ich nicht passend für einen männlichen Besucher angezogen bin.

Jesse blickte sich in dem Zimmer um, aber wagte nicht sie anzuschauen. „Ich war auf dem Weg nach Hause, aber irgendwie kann ich mich einfach nicht beruhigen. Es ist völlig unmöglich, dass ich jetzt an Schlaf denken könnte. Um ehrlich zu sein, ich mach mir große Sorgen über die Drohungen von diesem Duncan. Er fuhr verzweifelt mit seinen Fingern durch sein Haar und wirkte sehr aufgewühlt.

"Jesse, es geht mir gut. Ich bin in Sicherheit und Linc sitzt hinter Gitter." Er nickte. „Ich will ehrlich zu dir sein. Ich weiß nicht einmal, warum ich an deine Tür geklopft habe." Er drehte sich um, als ob er das Haus wieder verlassen wollte.

Gott, ich könnte einen Drink vertragen oder besser noch zwei. Dennoch blieb er zögernd mit dem Türknauf in der Hand stehen. Es gab etwas, was er ihr unbedingt sagen musste und wenn er es jetzt nicht tun würde, dann hätte er wahrscheinlich nie mehr den Mut dazu.

"Ich sollte mich schuldig fühlen für den Kuss, den ich dir gab, denn du bist mein Boss und liiert mit Richter Taylor und so weiter. Aber tatsächlich ist es so, dass ich es nicht bereue! Im Übrigen habe ich nicht den gefallenen Engel, sondern die Frau geküsst, die ich von ganzem Herzen begehre. Das ist alles was ich dir sagen wollte. Ich wünsche Ihnen eine gute Nachtruhe, Miss Bernard!"

Sein Geständnis überraschte sie. Sie wusste zuerst nicht was sie sagen sollte und nickte schweigend.

"Weißt du, es ist mir klar, dass du meinen Lohn bezahlst und mein Boss bist. Ich bin nicht einer deiner zahlenden Liebhaber, Lorraine! Als ich dich küsste, tat ich es, weil ich es wollte und weil ich Gefühle für dich habe, für dich als Frau. Ich bin fasziniert von deiner außergewöhnlichen, starken Persönlichkeit.

Ich habe dich nie als eine Frau von fragwürdiger Moral gesehen, sondern als eine Freundin, die mir in dieser gottverlassenen Stadt einen erfolgreichen Start ermöglicht hat. Ich gebe zu, du bist wahrscheinlich dickköpfiger als Joes Maultiere, aber meiner Meinung nach bist du eine fantastische Frau und mit Sicherheit die beste Freundin, die man überhaupt im Leben haben kann.

Ich bin ein einfacher Mann und nicht reich. Ich bin kein beeindruckender Richter, der dir eine rosige Zukunft in einem großen, eleganten Haus bescheren kann. Ich bin einfach nur ich, Jesse Connor, ein Mann mit gebrochenem Herzen, der sein Geld mit seiner Hände Arbeit verdient. Und ich will nicht einmal darüber nachdenken, wie du das Geld für meinen Lohn verdienst.

Eine Zeit lang habe ich gedacht, dass das Schlimmste in meinem Leben der Verrat meiner treulosen Frau ist. Aber möge Gott mir vergeben, denn das wirklich Schmerzhafteste ist, dich zu wollen und mein Herz zum Schweigen zwingen zu müssen."

Sie starrte ihn mit offenem Mund an und war nicht fähig ein einziges Wort zu sagen. Natürlich hatte es Männer gegeben, die ihr in der Vergangenheit ihre Gefühle für sie gestanden hatten, aber noch nie hatte ein Mensch ihr Herz so tief berührt wie Jesse.

„Es tut mir leid, Jesse! Vielleicht hätte ich dich niemals als Joes Partner engagieren sollen. Ich wollte nicht, dass du darunter leidest."

Sie drehte sich von ihm weg, aber er überbrückte die Distanz zwischen ihnen beiden mit zwei Schritten seiner langen, muskulösen Beinen.

"Still! Sag kein einziges Wort mehr, Lorraine Bernard!" Sein Griff war grob und seine Armmuskeln wölbten sich unter seinem Hemd. Sie blickte erschrocken zu ihm auf und sah, dass seine Augen dunkel waren vor Wut und aufflammender Leidenschaft.

„Du belügst dich selbst! Du und ich, wir versuchen beide Gefühle zu unterdrücken, gegen die wir kaum noch ankämpfen können. Zeig wenigstens genügend Rückgrat das zuzugeben!"

Trotz seines aggressiven Auftretens verspürte sie nicht die geringste Angst vor ihm. Tief in ihrem Innern wusste sie, dass er ihr niemals weh tun würde und jedes Wort seines Geständnisses aufrichtig gemeint hatte.

Er hat recht. Wir können unsere gegenseitigen Gefühle nicht länger leugnen. Ich belüge mich tatsächlich selbst, wenn ich weiterhin so tue, als ob ich diesen Mann nicht begehren würde.

Er starrte in ihre faszinierenden, mandelförmigen Augen. Ihre Lippen waren leicht geöffnet und Jesse nahm einen Hauch ihres Parfüms war. Der Duft berauschte ihn. Ihr warmer Schal glitt zu Boden und gab die Cremefarbene Linie des Ansatzes ihre vollen Brüste frei. Jesse sah, wie sich der Puls an ihrer Halsschlagader beschleunigte.

„Lorraine, es wäre besser, wenn du mich jetzt wegschickst. Hilf mir zu widerstehen, bevor ich etwas tue, was ich später bereue!" Seine Gefühle zeichnete sich deutlich auf seinen attraktiven Gesichtszügen ab. Sie aber schüttelte den Kopf.

„Ich kann dich nicht wegschicken, denn wie du sagst, würde ich mich selbst belügen, wenn ich das tue."

Er suchte den Blick dieser leuchtenden, grünen Augen, in denen er meinte, ertrinken zu müssen. Dann beugte er sich zu ihr runter. Mehr als alles in seinem Leben wollte er diese Frau abermals küssen. Und das tat er auch, aber nicht so vorsichtig wie beim ersten Mal vor ein paar Stunden.

Dieser Kuss war rau, hungrig, leidenschaftlich. Er wollte zärtlich sein, aber sein brennendes Verlangen für sie fegte über ihn hinweg. Seine Lippen pressten grob auf ihre so viel Weicheren. Seine Zunge schob sich dazwischen und eroberte ihren Mund. Als ihre Zunge auf seine traf, entrann ihr ein leises Stöhnen. Es zu hören genügte, um ihn seine Beherrschung endgültig verlieren zu lassen. Er schob seine Hand in ihre aufgesteckten Haare. Wie weich sie sich anfühlten. Seine andere Hand ruhte an ihrer Taille. Sie spürte seine Brust- und Armmuskeln, die sich hart wie Stein unter seinem Hemd abzeichneten.

Sie konnte nicht widerstehen, ihn unter dem Stoff zu berühren und sie fühlte die Wärme seiner Haut. Sie fuhr die Linien seines starken Körpers mit ihren Fingerspitzen nach und er erinnerte sie an eine der antiken Marmorstatuen, die sie in den edlen Häuser der Ostküste gesehen hatte. Aber Jesses Haut war warm und lebendig. Hitze stieg in ihr auf und ihr Herzschlag beschleunigte sich. So wie ihr Herz gegen ihre Rippen hämmerte, war sie sich sicher, dass er es hören musste.

Mein Gott, was passiert nur mit mir?

Sie war zutiefst verwirrt über die Emotionen, die er so leicht in ihr wach rief. *Ich sollte ihn nach Hause schicken, bevor das ganze außer Kontrolle gerät.*

Als sie sich einen unsicheren Schritt von ihm entfernte, beobachtete er sie. Seine Augen glühten vor Begehren, und schienen einige Nuancen dunkler als sonst.

Er flüsterte ihr zu, „Du hattest die Chance mich weg zu schicken, meine Liebe, aber nun ist es zu spät!" Jesse lächelte sie auf diese jungenhafte Art, die ihr vom ersten Moment so gefallen hatte, an. Sie lächelte zaghaft zurück.

Plötzlich kreischte sie wie ein kleines Mädchen auf, weil er sie ohne jegliche Mühe vom Boden weg auf seine Arme hob und sie in das Zimmer nebenan trug. Er legte sie vorsichtig auf ihrem Bett ab.

Der ganze Raum duftete nach Lorraine und ihm war bewusst, dass er ein Eindringling in ihrem intimsten Rückzugsort war. Wieder küsste er sie und versuchte dabei die zierliche Frau mit seinem Gewicht nicht zu erdrücken. Sie zog ihn ganz nahe an sich heran und musste dabei zweifelsohne bemerken, wie sein Körper auf den Kuss und ihre Nähe reagierte. Überraschenderweise dachte er dabei keine Sekunde daran, dass sie eine Frau war, die für Geld mit Männern schlief.

Für ihn war sie einfach nur Lorraine Bernard, die Frau, in der er sich verliebt hatte und die er so sehr begehrte, wie er noch nie zuvor eine Frau begehrt hatte.

Lorraine, die mich um den Verstand bringt und der einzige Mensch ist, der mein gebrochenes Herz berührt. Sie hat für mich alles riskiert, als sie in dieses französische Bordell kam, um mich raus zu holen, während meine eigene Frau mich eiskalt im Stich gelassen hat.

Jesse entkleidete sie langsam und bewunderte dabei jeden Zentimeter ihres hinreißenden Körpers. Sie, die normalerweise immer die Kontrolle über alles hatte, übergab ihm gerne die Führung im Spiel der Liebe.

Lorraine blickte ihm in die Augen und sah, wie darin Leidenschaft und Gefühle für sie wie ein brennendes Feuer loderten. Jede einzelne Berührung von ihm zeugte von seinem Respekt für sie.

Jesse Connor war ein besonderer Mann, den sie niemals mit irgendeinem anderen vergleichen würde. Es war ihr bewusst, dass sie diesmal die Kontrolle verlor und sich ernsthaft in diesen Mann verliebte. Zum ersten Mal gelang es hier nicht, ihr Herz verschlossen zu halten. Seltsamerweise fühlte sich das aber richtig an. Fast war es so, als ob sie schon immer zu ihm gehört hätte.

Lorraine wusste sehr wohl, dass die Liebe ein gefährliches Spiel war, welches oft zu großem Leid führte, aber in diesem Augenblick wollte sie für nichts in der Welt an einem anderen Ort als in den Armen ihres Liebhabers sein.

Jesse bewunderte ihre Schönheit, liebte den Geschmack ihrer Haut und die Art wie sie auf seine Küsse und Zärtlichkeiten reagierte. Jedes Stöhnen und Seufzen von ihren Lippen feuerten ihn noch mehr an und vergrößerten seinen Hunger nach ihr ins Unermessliche. Als sie sich schließlich vereinten, war es nicht nur körperlich, sondern auch ihre Seelen und Herzen verschmolzen in diesem Moment.

Sie liebten sich über Stunden hinweg, bis das blasse Morgenlicht durch das Fenster kroch. Sie schlief in seinen Armen ein und er beobachtete sie still. Noch nie zuvor hatte er ein so tiefes Verständnis und so eine intensive Verbindung zu einer Frau verspürt und niemals hatte ein weibliches Geschöpf seine körperlichen Bedürfnisse mit demselben ungezügelten Hunger beantwortet.

Jesse schloss seine Augen und flüsterte, „lieber Gott steh mir bei, ich liebe diese Frau!" Sie bewegte sich leicht in seinem Arm, aber schlief ruhig weiter.

Das nächste was Jesse spürte, war die zärtliche Berührung ihrer warmen Hand auf seinem nackten Körper. Er musste eingeschlafen sein. Er lächelte sie jungenhaft an.

"Du strapazierst mich, Boss!" Aber dann rollte er sich lachend auf ihre Seite und bewies ihr, dass er immer noch genügend Kraft und Energie übrighatte, sie abermals zu befriedigen.

KAPITEL EINUNDZWANZIG

***

ZWEI TAGE SPÄTER BESTÄTIGTE DOKTOR GOODFELLOW, DASS JOE DEFINITIV DIE Schusswunde in seiner Brust überleben würde. Jesse hatte Lorraine versprochen, dass er allein in der Mine weiterarbeiten würde, bis es Joe gut genug gehen würde, selbst wieder schürfen zu können, falls er diesen Job dann überhaupt noch machen wollte.

Lorraine gefiel es nicht, dass Jesse ohne Hilfe in den Schächten graben wollte. Sie vertraute ihm bedingungslos, aber sie wusste um die Gefahr, wenn ein Mann allein untertags schürfte. Einer der Tunnel könnte kollabieren und den Mann lebendig begraben oder ihn ohne Sauerstoff einschließen.

Jetzt da sie ihn gefunden hatte, verspürte Lorraine aufrichtige Angst ihn wieder zu verlieren und ihr wurde bewusst wie kompliziert ihr Leben von nun ab sein würde. Sie fragte sich, was er wohl nun von ihr erwartete.

Was, wenn er will, dass ich mein Leben als käufliche Geliebte *aufgebe oder er ist nicht akzeptieren kann, wenn ich andere Männer treffe? Was soll ich dem Richter sagen? Bin ich wirklich schon bereit alles aufzugeben für einen einzigen Mann? Ich habe doch so viel erreicht.*

Lorraine hatte im Leben der gefallenen Engel so manchen Mann kommen und gehen gesehen und so manche der Frauen waren mit gebrochenem Herzen und betrogenen Hoffnungen zurückgeblieben. Lorraine wusste, dass Jesse ein außergewöhnlicher Mann war, aber trotz seiner Geradlinigkeit, fiel es ihr schwer seinen Gefühlen zu trauen. Selbst ihre eigenen stellte sie in Frage.

Die Zeit wird es zeigen, aber ich brauche etwas Abstand, um mein Leben neu zu organisieren. Das muss er verstehen, oder er muss gehen. So einfach ist das. Ich bin Lorraine Bernard, die erfolgreichste aller käuflichen Ladys der Nacht in Tombstone.

Einige nannten sie die ungekrönte Königin aller gefallener Engel in Cochise County. Würde ihr Stern untergehen, wenn sich herumsprach, dass sie sich für einen einzigen Mann entschieden hatte?

***

Jesse war indessen auf dem Weg zur Arbeit. Die Erinnerung an das Attentat war noch sehr frisch und seine Nerven waren zum Zerreißen gespannt. Er blickte nervös hinter jeden Felsen und jedes Gebüsch. Der junge Minenarbeiter wusste, dass er nur überlebt hatte, weil es ihm gelungen war aus dem Schuppen zu fliehen. Cotton Joes Überlebenskampf beschäftigte seinen Freund Tag und Nacht.

Er hatte ein extra Winchester Gewehr neben sich und eine Pistole im Holster. Sein Gesichtsausdruck war düster. Er schloss das Tor hinter sich, spannte die Maultiere aus, tränkte sie am Bachlauf und machte sich dann bereit, in den Schacht hinab zu steigen.

Bilder der Nacht, die er mit Lorraine verbracht hatte, lenkten ihn immer wieder ab. „Verflixt, diese Frau ist der

Traum eines jeden Mannes. Ich muss aufpassen, dass ich nicht dauernd an ihre Lippen denke und die Art wie sie mich berührt hat, sonst hau ich mir garantiert auf die Hand anstatt auf den Meißel."

Der Gedanke daran wie viele Männer in Tombstone seine Lorraine begehrten löste eine ungewohnte Eifersucht aus. „Was erwartest du denn, du Narr? Denkst du, dass ihre Vergangenheit und ihre Tätigkeit sich einfach so in Luft auflösen, nur weil du einmal mit ihr geschlafen hast? Du reißt dich besser ganz schnell zusammen, Junge!" Er hämmerte drauf los und murmelte immer wieder vor sich hin.

Jesse war emotional genauso aufgewühlt, wie Lorraine es war. Es bestand kein Zweifel daran, dass Lorraine eine wahre Göttin der Liebe war, aber sie war auch eine Frau von fragwürdigem Ruf. *Wie werde ich damit klarkommen, wenn andere Männer mit ihr das Bett teilen, weil sie dafür genug gezahlt haben?*

Als er am frühen Abend in die Stadt zurückkam besuchte er Cotton Joe und Doktor Goodfellow. Sein Freund war wach und konnte endlich sprechen, aber noch war er sehr schwach. Jesse zog einen Stuhl näher an das Bett heran und berichtete Joe die ganze Geschichte, was nach dem Überfall passiert war. Cotton Joes Augen waren vor Schreck weit aufgerissen. Als Jesse seine Erzählung beendet hatte nickte der Verletzte. „Es ist gut, dass dieser Mistkerl nun im Knast sitzt! Ich werde dem Richter genau erzählen, wie er mich gnadenlos ohne Vorwarnung vom Kutschbock geschossen hat. Wir werden ihn schon bald am Galgen baumeln sehen, genau wie er es verdient!"

Jesse nickte. Cotton Joe blickte seinen Freund schweigend an und wartete ab. Als sein jüngerer Partner betreten zu Boden blickte, schloss Joe für einen Moment seine Augen.

"Es geht um Lorraine, nicht wahr? Du hast dich in sie verliebt, stimmts?"

Jesse blickte überrascht auf. „Wie…?"

"Wie ich es herausgefunden habe? Ich habe es dir angemerkt seit dem Tag, als wir bei ihr gefrühstückt haben, um unseren Lohn abzuholen. Aber das spielt nun keine Rolle. Fakt ist, du weißt, wie sie ihr Geld verdient. Wenn du damit nicht ohne Eifersucht klarkommst, musst du sie vergessen. Sie braucht einen Mann, der sie mit all ihren Fehlern liebt und nicht jemand, der sie bevormundet oder gar kontrolliert. Lorraine Bernard gehört niemandem, Jesse! Aber falls sie dir ihr Herz schenkt kommt sie vielleicht eines Tages zur Vernunft und wird sesshaft."

Jesse nickte. "Das weiß ich Joe, aber die Entscheidung liegt ganz bei ihr, ich kann sie zu nichts zwingen."

Joe schaute ihn an und fuhr fort. "Sie wird sich für dich entscheiden, aber erst wenn sie das Gefühl hat, dass es der richtige Zeitpunkt für sie ist. Verstehst du was ich dir sage, Jesse? Sie ist eine gute Frau, aber du musst geduldig sein und warten. Es wird Zeit brauchen, bis sie dir soweit vertraut, dass sie dir ihr Herz schenkt und dich zu einem Teil ihrer Zukunft macht. Wenn sie das Gefühl bekommt in die Enge getrieben zu werden, dann verlierst du sie schneller als du mit deinem Meißel einen Stein triffst."

Jesse wusste, dass Joe recht hatte und versprach ihm, seinen Ratschlag zu befolgen. Als er aufstand, um zu gehen, schaute er auf seinen Freund, der blass und schwach im Bett lag.

„Joe, ich danke Gott dafür, dass du noch am Leben bist. Ich würde dich schrecklich als Freund und Ratgeber vermissen."

Cotton Joe nickte schwach, dann schloss er seine Augen und schlief wieder ein. Jesse wusste, dass der Mann immer noch sehr erschöpft war von der Operation und er betete, dass Joe sich vollkommen von seiner Verletzung erholen würde. Er bereute zutiefst, dass es ihm nicht gelungen war zu verhindern, dass Cotton Joe von diesem Besessenen angeschossen worden war.

Jesse überlegte sich, ob er rüber zu Lorraine gehen sollte, aber trotz ihrer leidenschaftlichen Nacht zusammen behielt die Unsicherheit die Oberhand. Joe hatte recht. Es machte keinen Sinn sie ständig zu verfolgen oder gar kontrollieren zu wollen. Er musste abwarten, bis das Schicksal entschied, ob es ihnen beiden bestimmt war das Leben zusammen zu verbringen.

Er ging also zu Cotton Joes Haus rüber, versorgte die Maultiere und ritt dann nach Hause, um sich auszuruhen. Er hatte nichts zu essen im Haus, aber es spielte keine Rolle, denn er war sowieso nicht hungrig. Er legte sich in das Bett, dass er sich mittlerweile gekauft hatte und fiel sofort in einen tiefen, traumlosen Schlaf.

***

Minenarbeiter, Revolverhelden und Spieler bevölkerten die Saloons und Bordelle in der Stadt. Auch die `Frauen der Linie´, wie sie genannt wurden, weil die Männer vor ihren Zelten und Verschlägen oftmals Schlange standen, kamen aus ihren schäbigen Unterkünften, um den Abend in den verschiedenen Lokalen zu verbringen.

Lorraine versuchte sich auf die Gespräche um sie herum zu konzentrieren, aber ihre Gedanken kehrten immer wieder zurück zu dem gutaussehenden Schürfer, den sie vor einigen Monaten engagiert hatte. Er war für sie nun bedeutend mehr als nur ihr Angestellter.

Jesse war nach der Arbeit nicht zu ihr gekommen, aber

sie wusste, dass er Cotton Joe besucht hatte, um sich ein Bild über dessen langsame Genesung zu verschaffen. Sie war zerrissen zwischen Enttäuschung, dass er nicht gekommen war und Erleichterung, dass er ihr etwas Abstand gewährte. Dass sie sich in ihn verliebt hatte hinterließ einen unbekannten, emotionalen Tumult in ihr, speziell, seit sie miteinander geschlafen hatten.

Viele der gut zahlenden Männer versuchten Lorraine in ein amouröses Abenteuer zu locken.

Ich kann den Gedanken nicht ertragen, dass ein anderer Mann mich heute anfassen könnte. Nicht nach dem ich Jesse auf diese besondere Art und Weise gespürt habe. Nicht nach dieser Nacht, die wir geteilt haben.

So blieb sie einfach im Saloon, unterhielt ein paar Gäste am Pokertisch und sang von Zeit zu Zeit ein Lied auf dem kleinen Podest neben dem Klavier. Dem Saloon Besitzer machte es nichts aus. Lorraine konnte tun und lassen was sie wollte, denn allein ihre Anwesenheit erhöhte schon den Umsatz der teuren Getränke.

Als die Nachtschwärmer im Laufe der Stunden rowdyhafter und der Umgang mit ihnen gefährlicher wurde, beschloss sie zu ihrem Haus zurückzukehren. Als sie die Straße mit einer kleinen geladenen Pistole in ihrem Beutel entlanglief, erinnerte sie sich an den ersten Abend an dem Jesse sie nach Hause begleitet hatte.

Es ist vermutlich ein Fehler so zu empfinden, aber ich vermisse den Kerl wirklich. Es scheint eine Ewigkeit her zu sein, als ich ihn das erste Mal getroffen habe und er mich bis zu meiner Haustüre begleitet hat.

***

Am anderen Ende der Allen Street warf Marshal White nochmal ein Auge in die Zelle des Gefangenen. Wild Linc

schien auf seiner Pritsche zu schlafen. Er hatte sich etwas
beruhigt seit dem Abend, an dem er verhaftet worden war.
Junge, Junge, hatte der geflucht und alle Leute verwünscht,
die daran beteiligt gewesen waren, ihm eine Falle zu stellen. Der Marshal nahm die Drohungen, die der Schurke
ausgesprochen hatte, durchaus ernst. Lincoln Duncan war
in der Stadt als gefährlicher und jähzorniger Mann bekannt
und der Marshal war davon überzeugt, dass dieser auch
nicht zögern würde, einen Mord zu begehen.

Bislang war es niemandem gelungen ihn mit einigen der
Verbrechen, die ihm nachgesagt wurden in Verbindung zu
bringen. Der Gesetzeshüter hoffte, dass es diesmal anders
laufen würde und Wild Linc endlich zu der Strafe verurteilt
würde, die er schon längst verdient hatte. Hätte White allein
zu entscheiden, würde die Gerechtigkeit Lincoln an den
Galgen der Stadt befördern.

Zuerst nahm Marshal White das leise Klopfen an der Tür
nicht wahr. Das zweite Mal aber hörte er es und ging auf
die Tür zu, um zu schauen, wer etwas von ihm zu dieser
späten Stunde wollte. Wahrscheinlich brauchte man ihn
wieder, um eine der vielen und unnötigen Streitereien in
einem der unzähligen Saloons zu schlichten.

Der Marshal wünschte sich nichts sehnlicher, als dass
die Besitzer dieser Lokale endlich aufhören würden den
Whiskey vierundzwanzig Stunden sieben Tage die Woche
auszuschenken. Der Alkohol goss zusätzlich Öl in das
Feuer, denn die Minenarbeiter, Banditen, Cowboys und
Frauen von fragwürdiger Moral waren allesamt schwierige Persönlichkeiten und auch ohne Alkohol schwer
genug zu handhaben.

Er fühlte sich zu alt für diesen Job und hatte sich
mittlerweile Gedanken darüber gemacht, sich auf einer

kleinen Ranch bei Elfrieda niederzulassen. White hatte den Entschluss gefasst seine Position als Gesetzeshüter von Tombstone im kommenden Frühling an einen jüngeren Burschen abzutreten.

Als der Marshal die Tür öffnete, wurde er von zwei Tatsachen gleichermaßen überrascht: zuerst, dass ihm eine Wolke billigen Parfüms von einer stadtbekannten Prostituierten namens Blonde Mary entgegendriftete und zweitens, dass diese mit einer Pistole auf seinen Bauch zielte.

Er trat langsam zurück in den Raum und hatte keinen blassen Schimmer, was das alles sollte, aber etwas in den Augen dieser verruchten Person überzeugte ihn davon, dass sie nicht zögern würde, die Waffe zu benutzen. Ihm missfiel das grausame Lächeln um ihren Mund. Blonde Mary trat in das Büro und fuchtelte mit ihrer Pistole Richtung Zellentür und sagte, „den Schlüssel, Marshal!"

Geschockt blickte Marshal White ihr entgegen, als er schließlich verstand, dass sie vorhatte den Gefangenen zu befreien. „Mary, dieser Mann ist ein wirklich gefährlicher Kerl. Wir haben Linc wegen versuchten Mord in drei verschiedenen Fällen eingesperrt. Gott allein weiß, welche Verbrechen er noch begangen hat. Du solltest dich wirklich nicht mit ihm einlassen!"

"Hey, du Blechsternheld, das ist wohl ganz allein meine Sache, oder? Wärst du nun endlich so liebenswürdig mir diese verdammte Zelle für meinen Mann aufzuschließen oder muss ich dich erst hier an Ort und Stelle erschießen?"

Inzwischen war Wild Linc von seiner Pritsche aufgestanden und stand wartend an der Zellentür, die Hände um die Eisenstangen gelegt. Er war überrascht, dass Blonde Mary unverfroren genug war, ihn hier aus dem Kittchen rauszuholen. *Sieht ganz danach aus, als ob ich in den paar gemeinsamen Nächten einen bleibenden Eindruck hinterlas-*

sen habe. Sie hat mehr Mumm, als ich dachte.

Wild Linc grinste hämisch. Nicht, dass er sich etwas aus ihr machen würde, aber es kam ihm schon sehr gelegen, dass sie ihm gerade aus der Patsche helfen wollte. Es war durchaus denkbar, dass ihre überraschende Aktion ihn tatsächlich vom Henkerseil retten könnte. Wenn er erstmal entkommen war konnte er sie jederzeit fallen lassen. Er hatte andere Pläne für seine Zukunft und diese beinhalteten Blonde Mary definitiv nicht.

Marshal White zögerte noch einen Moment, aber die Waffe in ihrer Hand überzeugte ihn schließlich die Zellentüre aufzuschließen. Der Gefangene trat heraus und Blonde Mary umarmte ihn.

Er jedoch schupfte sie herzlos zur Seite und nahm ihr die Waffe ab. Er deutete damit auf den Marshal und befahl ihm in die Zelle zu treten. Das Einzige, was das Leben des Gesetzeshüters rettete, war die Tatsache, dass ein Schuss zu viel Aufsehen erregt hätte. Duncan konnte es sich nicht leisten, dass jemand auf die Idee kam im Gefängnis nach dem Rechten zu sehen.

Da der Schurke kein Messer hatte, um das Ganze leise zu beenden, drehte er rasch die Pistole in seiner Hand und schlug den Vertreter des Gesetzes mit voller Wucht nieder.

Er verschloss die Zellentür und warf den Schlüsselbund in die Schublade der Schreibtischs, der in der anderen Ecke des Raumes stand. Dann schlich er sich vorsichtig aus dem Gebäude, gefolgt von Blonde Mary. Der Marshal blieb auf dem Boden der Zelle zurück. Blut tropfte aus einer großen Platzwunde und verklebte sein blondes Haar.

"Linc, wenn du willst können wir dich in meinem Bordell verstecken, aber ich habe auch ein Pferd das gesattelt hinter dem Haus auf dich wartet, falls du lieber aus der Stadt reiten möchtest. Ich denke, das wäre wahrscheinlich sogar sicherer. Ich habe ein bisschen Geld angespart, dass ich dir geben kann."

Der Befreite lächelte bösartig. „Hört, hört, da will ich doch verdammt sein. Es scheint, dass du doch eine ganz anständige Frau bist, hm?"

Sie lächelte und saugte sein Kompliment auf, wie eine Blume, die in den Strahlen der Sonne badete.

"Hör mir zu, Mädchen! Ich habe einige Versprechung gemacht, bevor sie mich verhaftet haben und ich muss mit ein paar Leuten hier in der Stadt abrechnen, also werde ich mich zunächst für ein paar Tage verstecken. Aber dann werde ich zurückkommen und ihnen allen eine Lektion dafür erteilen, dass sie sich mit Lincoln Duncan angelegt haben. Bis es so weit ist, wirst du mich über alles in der Stadt am Laufenden halten. Ich werde mich in der alten Hütte an der Weggabelung der Straße, die nach Fort Bowie führt, verstecken."

Blonde Mary nickte eifrig und deutete dann auf einen dunklen Wallach, der geduldig hinter dem Nachbarhaus stand. „Schnell, mach das aus der Stadt kommst! In den Satteltaschen wirst du Vorräte und eine Flasche Whiskey finden."

"Das hast du gut gemacht, Mary." Er beugte sich zu ihr runter und küsste sie grob, dann sprang er in den Sattel und ritt davon. Blonde Mary lächelte versonnen in der Dunkelheit vor sich hin und war offensichtlich sehr stolz darauf, `ihren´ Mann gerettet zu haben. Ihr Plan hatte perfekt funktioniert.

KAPITEL ZWEIUNDZWANZIG

***

LORRAINE LAG WACH IN IHREM BETT UND GENOSS JESSES DUFT, DER NOCH immer zwischen den Bettlaken wahrnehmbar war. Sie stellte sich seinen starken, warmen Körper neben sich vor. *Unglaublich, wie sehr ich ihn vermisse. Es ist einsam ohne seine Gesellschaft.*

Außerhalb der Stadtgrenze wälzte sich Jesse in seinem Schlaf unruhig hin und her. Keiner der beiden Liebenden hatte die leiseste Ahnung von dem, was im Gefängnis geschehen war. Niemand wusste, dass Wild Linc frei war und sich auf einen furchtbaren Rachefeldzug gegen diejenigen vorbereitete, die versucht hatten ihn an den Galgen zu bringen.

Am nächsten Morgen machte sich Jesse früh auf den Weg zur Mine. Lorraine hingegen hatte einen Termin bei der besten Schneiderin der Stadt, denn sie wollte sich ein neues Kleid machen lassen.

Mitten in der Anprobe flog die Eingangstüre auf und die Ehefrau des Marshals stapfte verdrossen und wütend in das Geschäft. Sie beschwerte sich lauthals über alle Männer in der Stadt und über ihren Ehemann im Besonderen, der anscheinend die ganze Nacht nicht nach Hause gekommen war.

„Er hat wohl die ganze Nacht in den Armen einer dieser verruchten, furchtbaren Weiber verbracht."

Ihre Augen blitzten dabei hasserfüllt in Lorraines Richtung. Diese täuschte aber vor die unverschämten Worte der Frau gar nicht gehört zu haben. Lorraine kannte den Marshal gut genug, um zu wissen, dass er nicht die Art Mann war, der die ganze Nacht in einem Bordell verbringen würde.

Die Abwesenheit des Gesetzeshüters kam ihr seltsam vor. Als sie mit der Anprobe fertig war, entschloss sie sich kurzerhand dazu, nach dem Mann zu sehen. Um diese Zeit war er meistens in seinem Büro. Als sie gegen die Türe klopfte öffnete aber niemand. Sie drehte den Türknauf in ihrer Hand und trat ein. Der Marshal saß nicht an seinem Schreibtische, wie sie eigentlich erwartet hatte.

Sie wollte sich gerade umdrehen und das Büro wieder verlassen, als sie ein tiefes Stöhnen vernahm. Erschrocken ging sie ein paar Schritte weiter in den Raum und sah mit Entsetzen, dass der Vertreter von Tombstones Gesetz in seiner eigenen Zelle eingeschlossen war. Getrocknetes Blut verklebte sein Haar und hatte einen hässlichen, großen Flecken auf der Vorderseite seines Hemdes hinterlassen. Er blinzelte sie an und versuchte zu stehen. Sie bemerkte, dass er vor Schwindel schwankte und rannte sofort auf ihn zu.

"Die Schlüssel Marshal. Wo sind die Schlüssel?" Er zuckte mit den Schultern, aber dann zeigte er zum Schreibtisch rüber. „Vielleicht dort", flüsterte er.

Sie riss alle Schubladen nacheinander auf, bis sie schließlich den Schlüsselbund sah. Lorraine rannte zurück zur Zelle und probierte jeden der Schlüssel bis endlich der Letzte in das Schloss der Zellentüre passte. Der Mann hinter dem Gitter versuchte auf sie zuzugehen, aber konnte sich nicht auf den Beinen halten.

Wild Linc hatte dem Mann beinahe brutal den Schädel eingeschlagen. Lorraine hetzte aus dem Büro auf die Allen Street und schrie um Hilfe. Es dauerte nicht lange und Männer kamen zum Gefängnis angerannt und kümmerten sich um ihren Marshal. Jemand stürmte davon, um Doktor Goodfellow zu holen. Auch die Ehefrau des Verletzten kam mit gerafften Röcken angerannt, aber sie wagte es nicht, Lorraine ins Gesicht zu schauen. Sie errötete vor Scham über ihre falschen Anschuldigungen im Atelier der Schneiderin und versuchte sich liebevoll um ihren Mann zu kümmern.

Plötzlich traf es Lorraine wie ein Schlag aus heiterem Himmel.

Wild Linc ist entkommen! Bei allen Heiligen, dieses gefährliche Monster ist frei.

Die Neuigkeit, dass der Verbrecher geflohen war verbreitete sich wie ein Lauffeuer in der Stadt und Richter Taylor stellte sofort ein Aufgebot zusammen, um ihn zu jagen.

Weniger als eine Stunde später ritt ein Dutzend Männer angeführt vom Cousin des Marshals im vollen Galopp aus Tombstone. Alle waren hochmotiviert den gefährlichen Lincoln Duncan endgültig zur Strecke zu bringen.

Tief unter der Erde in dem Tunnel mit der Goldader klopfte Jesse Brocken für Brocken aus der Steinwand vor ihm und bekam von all diesen Ereignissen nichts mit. Er hatte sich dazu durchgerungen, den Schacht mit dem Silbervorkommnis für den Moment ruhen zu lassen und lieber Gold zu schürfen, um den Verlust des Ertrags während Cotton Joes Genesungsphase zu schmälern.

Mehr Gold zu schürfen würde Lorraine und Joe bestimmt helfen, die Rechnungen von Doc Goodfellow zu decken, denn diese würden mit Sicherheit bald auf beide zukommen. Je eher Joe wieder auf die Beine kam, umso besser und Jesse wollte alles ihm Mögliche dazu beitragen.

Als er die Arbeit für den Tag beendete, schloss er das Tor hinter sich ab und kletterte müde auf dem Kutschbock. „Ach, es ist ganz schön einsam hier draußen ohne Joe. Der sture Kerl fehlt mir wirklich", brummte Jesse vor sich hin, während er den Maultieren die Zügel lockerließ.

Als Jesse bei Joes Haus in der Stadt ankam, sah er wie Lorraine auf ihn zu rannte. Er riss an den Zügeln und hielt die Maultiere an und wusste, dass etwas passiert sein musste. Sofort umklammerte Angst, dass etwas mit Cotton Joe nicht in Ordnung war sein Herz. Er sprang vom Kutschbock und fragte die blasse Frau in einem dringlichen Ton, „Joe, ist er ...?"

Er fürchtete sich vor der Antwort, aber sie schüttelte ihren hübschen Kopf und versuchte keuchend zu Atem zu kommen. Jesse konnte sich nicht daran erinnern, sie jemals so verstört gesehen zu haben. „Was ist los, Lorraine?"

„Wild Linc! Er ist aus dem Gefängnis geflohen! Marshal White wurde von ihm niedergeschlagen und kann uns noch nicht mehr dazu erzählen. Ich befürchte jemand hat ihm geholfen, aber wir wissen nicht wer. Sie haben die ganze Stadt nach ihm abgesucht. Er ist verschwunden. Weißt du, was das heißt? Wild Linc wird alles daran setzen uns zu töten!"

Er trat näher auf sie zu und nahm sie in den Arm. „Still mein Mädchen! Ich lasse es nicht zu, dass irgendjemand dir weh tut." Er versuchte sie zu trösten, aber sie machte sich verlegen von ihm los und trat einen Schritt zurück, denn es war ihr bewusst geworden, dass sie mitten der Allen Street standen. Sie blickte sich nervös um und schien besorgt, dass die Leute bemerken könnten, wie nahe sie und Jesse sich standen.

Als sie so beschämt von ihm zurücktrat, verletzte sie ihn damit tief. *Sie vertraut mir nicht. Oder schlimmer noch, sie möchte nicht, dass irgendjemand mitbekommt, dass wir zusammen sind.*

Jesse blickte sie ungläubig an, aber sie blickte nur betreten zu Boden. Sie wusste, dass ihm weh getan hatte, aber konnte im Moment nichts dazu sagen. Sie hatte schon vor langer Zeit Grenzen und Regeln aufgestellt und würde nicht einmal sich selbst erlauben, diese zu überschreiten.

Er stand einfach nur vor ihr und wartete darauf, dass sie endlich ihre Gefühlen für ihn zum Ausdruck brachte, aber als kein Wort von ihr kam, schüttelte er nur traurig den Kopf.

"Hier ist die Ausbeute des heutigen Tages aus der Mine. Sie können das in die Bank bringen, Madam."

Dann drehte er sich um und ging wortlos davon. Sie hielt den kleinen Lederbeutel in ihrer schmalen Hand und blickt ihm hinterher. „Gott, bin ich ein Narr. Ich muss ihm sehr wehgetan haben", murmelte sie beschämt. In diesem Moment hasste sie das Gold in ihrer Hand von ganzem Herzen.

Ich hasse diese Stadt und es ekelt mich an, dass ich vielleicht den Rest meines Lebens eine verruchte Frau ohne Moral und Anstand sein werde. Lorraine Bernard fühlte sich, als ob sie ein Stück von sich selbst verloren hatte, als Jesse zum Planwagen lief, um die Maultiere zu versorgen. Er drehte sich nicht ein einziges Mal zu ihr um.

An diesem Abend ging Lorraine in das Bird Cage Theater, um ein paar der Frauen zu besuchen, die dort ihrem Gewerbe nachgingen. Eigentlich war ihr nicht nach Unterhaltung zumute, aber sie hatte schlichtweg zu viel Angst davor allein zu Hause zu sein. Sie erinnerte sich sehr wohl an Wild Lincs Drohungen und wagte es nicht, die Nacht ohne Gesellschaft zu verbringen. „Jesse wird nicht für dich da sein, um dich zu beschützen. Du hast ihn vertrieben, du dummes Ding", warf sie sich selbst vor, als sie durch die Türe des Etablissements schritt.

Zur gleichen Zeit lag Lorraines Liebhaber wach im Bett in seinem kleinen Haus. Er dachte über die Frau und ihrer beider Situation nach. *Gott, ich weiß, dass ich sie vergessen muss. Lorraine wird niemals ihr Leben als gefallener Engel für mich aufgeben. Das hat sie heute Nachmittag deutlich gemacht.* „Ich hätte mich nie mit ihr einlassen sollen. Wie konnte ich es nur so weit kommen lassen, mit meinem Boss zu schlafen. Bin ich denn von allen guten Geistern verlassen?", schimpfte er in das leere Haus hinein.

Nun wusste er nicht, wie er ihr in Zukunft gegenübertreten sollte und er verfluchte sich selbst dafür, dass er in ihrem Bett die Kontrolle über sich verloren hatte. Aber sobald er sich jene Nacht in Erinnerung rief, erfüllte ihn ein so heftiges Verlangen, dass er es nicht einmal in Worte fassen konnte. Ihm war klar, dass dieses Begehren nicht nur körperlicher Natur war, sondern er sie auch als Frau an seiner Seite schrecklich vermisste.

Und dennoch, jene gemeinsame Nacht schien bereits Ewigkeiten her zu sein und die Kluft zwischen ihnen unüberbrückbar. Jesse machte sich schreckliche Sorgen. *Wie soll ich sie vor diesem Verrückten schützen, wenn sie sich mir so entzieht?* Der attraktive Minenarbeiter war sich sicher, dass Wild Linc kaltblütig und dem Wahnsinn verfallen war. Er war besessen von der Idee, dass Lorraine ihm gehörte.

Jesse Connor wusste, dass dieser Mann Lorraine nicht einfach aufgeben würde. Da sie ihm aber ihr Herz verweigert hatte, würde er mit Sicherheit dafür sorgen, dass sie niemals einem anderen Mann gehören würde. Jesse wurde mit grausamer Sicherheit klar, dass Lincoln Duncan versuchen würde, die Frau, die ihn zurückgewiesen hatte, zu töten.

„Wie kann ich es nur verhindern?", fragte er verzweifelt in den dunklen Raum.

Das Aufgebot kehrte am späten Abend in die Stadt zurück, aber hatte von dem Flüchtigen keine Spur gefunden. Gleich bei Tagesanbruch wollten sie die Suche fortführen.

Lorraine hoffte, dass sie diesen Schurken so schnell wie möglich dingfest machen konnten. Richter Taylor schickte einen der Hilfssheriffs zu ihrem Haus rüber, um es im Auge zu behalten. Das beruhigte sie zwar ein wenig, aber sie wusste auch, dass Wild Linc hinterhältig war und vielleicht dennoch einen Weg an den Wachen vorbei finden würde.

Am nächsten Morgen beschloss Jesse nicht zur Mine zu gehen. Er war davon überzeugt, dass Wild Linc auf Rache aus war und alles daransetzen würde, eine Gelegenheit zu bekommen, die Königin des Oriental Saloons allein, ohne Zeugen, in die Hände zu bekommen.

Jesse war nicht so leicht hinters Licht zu führen. Er wusste, dass dieser Bandit nicht viele Chancen haben würde sich an ihnen beiden zu rächen. Er würde mit Sicherheit keine Zeit auf den Richter oder den Marshal verschwenden, obwohl diese an der Falle im Haus des Doktors beteiligt gewesen waren.

Nein! Linc wird sich auf uns konzentrieren. Mich will er töten, weil er mich als Konkurrenten sieht und Lorraine, weil sie ihm ihr Herz verweigert hat.

So fasste der junge Schürfer den Entschluss den Outlaw selbst zu jagen. Das Aufgebot schien nicht besonders Erfolg versprechend zu sein, denn sie suchten planlos kreuz und quer durch ganz Cochise County. Jesse hingegen war davon überzeugt, dass sich dieser Verrückte wahrscheinlich ganz in der Nähe versteckt hielt, um dann zuzuschlagen, wenn es von allen am wenigsten erwartet wurde.

„Wer hilft dir in dieser Stadt? Wer ist der Verräter, der dich aus dem Gefängnis befreit hat?" Sein Pferd hörte ihm aufmerksam zu, während er es sattelte.

Jesse hatte sich vorgenommen Lorraine zu beschützen, wie er es ihr versprochen hatte. Sobald Duncan dem Gesetz übergeben war, würde Jesse Tombstone verlassen und den Traum vom Glück als Schürfer und dem glücklichen Zuhause, dass er ursprünglich für seine Frau aufgebaut hatte, endgültig begraben.

"Ich werde auch Lorraine vergessen müssen. Ich schein als Mann nicht viel zu taugen, wenn es mir nicht gelingt, die Ehefrau zu halten oder das Herz der anderen zu erobern", murmelte er frustriert, während er traurig seinen Revolvergurt anlegte. Schweren Herzens griff er nach seinem Gewehr und der Wasserflasche, stieg in den Sattel und machte sich auf den Weg zu einer tödlichen Mission.

***

Lorraine hatte kaum geschlafen. Sie beobachtete die Männer des Aufgebots dabei, wie sie wieder aus der Stadt ritten. Sie fragte sich allerdings, ob Lincoln wirklich so weit Weg war von Tombstone. Genau wie Jesse war sie davon überzeugt, dass Lincoln den Gedanken an Rache nicht so einfach aufgeben würde.

„Da war zu viel Hass in seinen Augen gewesen, als er die Drohungen gegen uns aussprach. Lincoln wird nicht einfach davonlaufen. Er wird eine Chance abpassen, es mir und Jesse heimzuzahlen", flüsterte sie.

Die besorgte Schönheit trug mittlerweile ihren kleinen Revolver Tag und Nacht am Körper und auf ihrem Nachttisch lag ein weiterer Colt. Sie wusste, dass sie sich in großer Gefahr befand, aber sie war nicht willens dieser Angst klein beizugeben. Schließlich hatte sie ein Geschäft zu führen und musste Geld verdienen.

Jesse hatte heute den Planwagen nicht geholt und Lorraine fragte sich, ob sie wohl einen anderen Minenarbeiter suchen müsste. Es wäre durchaus möglich, dass er sich dazu entschlossen hatte, nicht mehr für sie zu arbeiten. Es war an der Zeit zu Doc Goodfellow rüber zu gehen und ihren Freund Cotton Joe zu besuchen und mit ihm ein Gespräch unter vier Augen über Jesse Connor zu führen.

Als sie am Haus des Doktors ankam, berichtete ihr dieser, dass sich Joe schon viel besser fühlte, sodass ihn ein paar Männer in sein eigenes Haus rüberbringen konnten. „Oh, das ist ja wundervoll! Endlich mal gute Nachrichten zur Abwechslung", freute sie sich.

Sie eilte die Straße entlang zum Bird Cage Theater und wechselte ein paar Worte mit dessen Besitzer. Sie versprach dem Mann eine ordentliche Summe zu bezahlen, wenn er ihr für ein paar Tage einen seiner Türsteher zur Verfügung stellen könnte. Lorraine wollte den Mann nicht nur zur Bewachung ihres eigenen Hauses anstellen, sondern auch, damit er Cotton Joes Zuhause ebenfalls im Auge behielt.

Hutchinson verstand ihren Wunsch nur zu gut und bot sofort seine Hilfe an, denn auch er war besorgt über die Situation. Er wollte nicht, dass die begehrteste unter all den Ladies der Nacht dem geisteskranken Wild Linc zum Opfer fiel. Schließlich war Lorraine sehr beliebt

im sündigen Bezirk der Stadt und kein Mann hätte es je
gewagt sie im Stich zu lassen. Das wäre schlecht für das
Geschäft gewesen.

Jesse patrouillierte unterdessen rund um das Gebiet der
Stadt und suchte nach Spuren von Lincoln Duncan. Er
beschloss, näher am Haus seiner Geliebten zu bleiben und
sich in den Hügeln dahinter zu verbergen. Über kurz oder
lang würde dieser Übeltäter mit Sicherheit auftauchen.

KAPITEL DREIUNDZWANZIG

* * *

DIE LETZTEN DREI NÄCHTE WAREN RUHELOS GEWESEN. JESSE HATTE KAUM geschlafen und Erschöpfung kroch in seine Knochen, die schwer wie Blei waren. Unterdessen wunderte sich Lorraine, wo er war und wie es ihm wohl ging. Sie war nicht im Geringsten darüber überrascht, dass sie nichts von ihm gehört hatte.

Er muss fürchterlich böse mit mir sein. Während sie in ihrem Schaukelstuhl saß und über ihn nachdachte, hatte Lorraine nicht die geringste Ahnung, dass Jesse tatsächlich ihr Haus von einem Hügel aus bewachte.

* * *

Der Türsteher des Bird Cage Theaters hatte seinen Posten vor ihrer Tür bezogen. Es war spät, weit nach Mitternacht und die Frau war mit einem Buch in ihrem Schoß im Wohnzimmer eingeschlafen.

Eine grobe Hand bedeckte plötzlich ihren Mund und sie kreischte darunter gedämpft auf. Ein kräftiger Mann riss sie förmlich aus dem Schaukelstuhl. Als sie versuchte, sich von ihm weg zu drehen, schaute sie geradewegs in

Wild Lincs Gesicht. Es war eine Maske blanken Hasses und seine Augen glitzerten gefährlich. *Wie um alles in der Welt ist er an der Wache vorbei in mein Haus gekommen?*

Lincoln Duncan warf sie wie eine Puppe quer durch den Raum, wo sie in die gegenüberliegende Wand prallte. Ihr Gesicht und ihre Schultern waren einen Moment wie betäubt vom Schmerz. *Gütiger Himmel, er ist hier, um mich zu töten. Jetzt muss ich um mein Leben kämpfen!*

"Versuch nur davon zu laufen, du wirst mir nicht entkommen", zischte er sie wütend an. „Der Kerl da draußen wird dich nicht hören! Den habe ich bereits um die Ecke gebracht! Er ist so tot wie ein rostiger Türnagel, verstehst du? Und du wirst es auch bald sein. Aber zuerst vergnüge ich mich ein letztes Mal mit deinem göttlichen Körper, bevor ich dich ins Jenseits schicke."

Lorraine schnappte voller Panik nach Luft. Linc riss sie an ihrem Arm herum und sie landete der Länge nach auf dem Boden. Obwohl sie über Kraft verfügte, konnte sie es keinesfalls mit ihm aufnehmen. Er legte seine rechte Hand brutal um ihre Kehle und zwang seine Hüften zwischen ihre Beine, während er versuchte mit der linken Hand ihre Röcke nach oben zu schieben.

Sie kämpfte und versuchte unter ihm liegend nach ihm zu treten. Abscheu packte sie, als sie realisierte, dass es ihn noch mehr erregte sie zu würgen. Der Mann war vollkommen außer Kontrolle und wirkte wie ein wildes Tier. Lincoln Duncan hatte sich zum Monster gewandelt und gierte danach zu morden.

Der Raum begann sich um sie herum zu drehen und ihr wurde schwindelig. Der klammernde Griff um ihren Kehlkopf verstärkte sich noch an Intensität, während er fiebrig weiter am Stoff ihres Kleides riss. Lorraine versuchte mit beiden Händen seine Pranke zu packen und sie von ihrem Hals wegzuziehen. Der Raum um sie herum wurde dunkler und Lorraine wurde schwächer mit jedem Moment, der verging.

Dies ist also mein Ende. Jesse, mein gutaussehender Jesse. Ich wünschte mir so sehr ich hätte dir gesagt, wieviel du mir bedeutest.

Aber sie konnten nicht länger denken. Lorraine fiel in eine tiefe Bewusstlosigkeit und wurde schlaff unter ihrem Angreifer. Wie besessen riss Wild Linc ihr Kleid auf. Er war rasend vor Wut und Begehren für diese ohnmächtige Frau auf dem Boden, sodass er nicht mehr auf seine nähere Umgebung achtete. Das Blut rauschte durch seinen Körper. Noch nie in seinem Leben hatte er eine so intensive Lust erlebt und er hasste sie sogar noch mehr dafür, weil sie selbst jetzt seine männlichen Triebe so sehr beherrschte.

Gerade als er sich ihr aufzwingen wollte, peitschte der Schuss eines Gewehres durch den Raum. Die Explosion warf Wild Linc von ihrem Körper runter quer durch den Raum. Blut bespritzte die Wand hinter ihm mit einem grotesken Muster. Weißer Rauch breitete sich im Wohnzimmer aus und der Gestank von Schwarzpulver kratzte im Hals des Schützen. Die Beine von Wild Linc Duncan traten ein paar Mal unkontrolliert aus, während sich sein schmutziges Hemd voll Blut sog.

Eine große Wunde klaffte in seiner Brust, wo das Geschoss sein tödliches Ziel gefunden hatte. Der Schwerverletzte versuchte seine Augen auf die andere Seite des Zimmers zu richten und sah, wie ein Mann langsam durch den Rauch hindurch auf ihn zutrat. Aber seine Verletzung war so schwerwiegend, dass sein Verstand nicht mehr kapierte, wer da auf ihn geschossen hatte.

Er richtete seinen Blick auf die regungslos vor ihm liegende Frau auf dem Boden und murmelte ein heißer klingendes „Hure"! Dann rollte sein Kopf auf die Seite. Das Leben von Lincoln Duncan war vorbei. Der Mann der in Tombstone als Wild Linc bekannt war, lag tot neben der Wand, während sein Blut den Holzboden unter ihm befleckte.

***

Jesse ließ das Gewehr fallen und rannte zu Lorraine, die sich nicht rührte. Er schüttelte sie sanft und nahm sie dann wie ein kleines Kind in seine starken Arme. Vielleicht würde es ihr helfen, wenn er Atemluft in ihre Lungen blasen würde? Er konnte und wollte sie nicht aufgeben und so zwang er wieder und wieder seinen eigenen Atem in ihren Mund.

Nachdem Menschen draußen auf der Straße den Gewehrschuss gehört hatten, kamen sie in das Haus gerannt und bedrohten Jesse zuerst mit ihren Waffen. Sie hatten den Wachmann vor dem Haus gefunden. Die Klinge von Lincolns Bowie Messer steckte bis zum Griff im Bauch des armen Kerls.

Als ein paar Männer in das Wohnzimmer stürmten, sahen sie Wild Linc in seinem eigenen Blut am Boden liegen. Der Doktor stieß die Männer zur Seite und kniete sich neben Lorraine auf den Boden. Er fragte Jesse, was er da mache und fuhr den jungen Minenarbeiter an, „um Himmels Willen, Mann, lass ihr doch Luft zum Atmen!"

"Das ist ja genau das, was ich mache, Doc! Ich gebe ihr Luft aus meinen eigenen Lungen, denn sie atmet nicht selbst!" Noch einmal holte er tief Luft und blies seinen Atem in ihre Mundhöhle.

Doktor Goodfellow bettelte förmlich. „Öffne deine Augen, Lorraine! Ich bitte dich, schau mich an! In Gottes Namen, atme endlich, Mädchen!"

Plötzlich fing sie an zu Husten und sog gierig die Luft

ein, wimmerte aber wegen des stechenden Schmerzes in ihrer Kehle. Das Husten war der süßeste Klang, der jemals an Jesses Ohr gedrungen war. Er lachte laut auf und Tränen rollten ihm über die Wange. Es hatten sich bereits blaue Flecken in der Form von Fingern am Hals der armen Frau gebildet. „Gott sei Dank, sie ist zumindest am Leben", flüsterte Doc Goodfellow.

"Gütiger Himmel, ich würde mal sagen, das war verdammt eng! So wie es aussieht hast du ihr das Leben gerettet, Junge!" Der Doktor klopfte ihm anerkennend auf die Schultern.

Lorraine schien sehr verwirrt zu sein und es dauerte einen Moment, bis sie sich daran erinnerte was passiert war. Als sie Jesse neben sich entdeckte klammerte sie sich an sein Hemd und versuchte zu sprechen, aber es kam nur ein schwaches Krächzen aus ihrem Mund.

"Du wirst ein paar Tage nicht sprechen können, meine Liebe. Dieser Schurke hat dir beinahe deinen Kehlkopf durch dein Genick gedrückt", erklärte ihr Doktor Goodfellow. Sie nickte und Jesse hob sie ohne Schwierigkeiten vom Boden auf.

„Ich trage sie rüber in Cotton Joes Haus. Sie kann dortbleiben, bis diese Sauerei hier weggeputzt ist. Ich werde beide dort im Auge behalten, Doktor!"

"Sehr gut! Ich werde morgen Medizin vorbeibringen, die dabei hilft, dass sich ihre Kehle und Stimmbänder wieder erholen. Ich muss sowieso Cotton Joes Verband wechseln. Allerdings kann ich nichts gegen den Schock tun, den Lorraine erlitten hat. Es ist eine gute Sache, dass sie heute Nacht nicht allein ist. Vielleicht gibst du ihr auch einen Schluck Whiskey! Schlucken wird zwar beschwerlich sein, aber vielleicht schläft sie dann wenigstens."

Jesse trug die Frau, die er so sehr liebte, rüber zu

Cotton Joes Haus. Einige der Männer, die um Lorraines viktorianische Haus herumstanden, gingen hinein und trugen die Leiche von Wild Linc hinaus. Sie hinterließen dabei eine Spur seines noch immer warmen Blutes auf dem Holzboden.

Cotton Joe war zutiefst erschüttert, als er erfuhr was passiert war. Er fühlte sich hilflos und war frustriert darüber, dass er seine beste Freundin nicht hatte schützen können. „Ich war nicht an ihrer Seite, als sie mich am meisten gebraucht hat." Joe fühlte sich einerseits schuldig, war aber andererseits auch sehr dankbar dafür, dass Jesse an ihrer Seite gewesen war. Joe würde nie vergessen, dass dieser junge Bursche Lorraines Leben gerettet hatte.

***

Die nächsten Tage rührte sich der begehrteste aller gefall-enen Engel Tombstones nicht aus dem Haus von Cotton Joe. Sie betrat ihr eigenes Zuhause nicht, bis ein paar Frauen ihr Wohnzimmer aufwendig gereinigt hatten und dank Richter Taylors Zutun nun eine wunderschöne Rosendesign Tapete die Wohnzimmerwände zierte.

Aber Lorraine fürchtete sich dennoch davor allein in ihr Haus zurückzukehren. Die Erfahrung dem Tod so nah gewesen zu sein hatte sie zutiefst erschüttert. In all den Jahren, die sie als Frau von leichter Moral arbeitete war sie noch nie so brutal angegriffen worden.

Zum Teufel, ich weiß nicht einmal, ob ich in das Gewerbe zurückkehren kann.

Sie verbrachte viele Stunden in Cotton Joes Haus und kümmerte sich um seine Wunde und ihren verletzten Hals und versuchte sich währenddessen immer wieder mit angenehmen Gedanken abzulenken. Cotton Joe sprach schließlich mit ihr wie ein liebender Vater.

"Lorraine, wir wissen nicht, ob bei der nächsten Attacke wieder ein Retter an deine Seite kommen wird. So etwas kann immer wieder passieren. Erinnerst du dich an das Mädchen, das du vor langer Zeit gerettet hast? Hättest du jenen Kerl nicht erstochen wäre sie heute tot. Dieses Mal warst du diejenige, die dieses Glück hatte, denn Jesse hat zuvor tagelang dein Haus bewacht. Er ist ein Mann, der sein Leben für dich geben würde und er liebt dich bis zum Mond und zurück."

Sie öffnete ihren Mund, um ihm zu widersprechen, aber er hob streng seine Hand und brachte sie zum Schweigen.

"Hör mir zu! Ich bin sicherlich eine ruhige Person und kümmere mich normalerweise nur um meine eigene Angelegenheiten. Aber ich bin nicht blind und hänge sehr an euch beiden. Dieser Jesse Connor ist Hals über Kopf in dich verliebt, allerdings auf eine ganz andere Art wie diese ganzen Narren in dieser verdorbenen Stadt. Alles was er in dir sieht, ist der Mensch Lorraine, nicht die käufliche Prostituierte, nicht die Besitzerin einer Mine und mit Sicherheit sieht er auch nicht nur deinen wohlgeformten Körper. Du könntest arm wie eine Kirchenmaus sein oder als Wäscherin arbeiten und es wäre ihm egal. Der Mann hat sein Leben für dich riskiert und nicht eine Minute darüber nachgedacht oder gezögert.

Eines Tages musst du dich entscheiden, was mehr wert ist, das Geld das du als leichtes Mädchen verdienst oder die wärmende Liebe eines ehrlichen Mannes. Du weißt, dass du mir viel bedeutest, egal wie du dich entscheidest. Aber dies ist vielleicht deine einmalige Chance, die nie wiederkommen wird. Im Übrigen wird dir die Mine immer noch ein hübsches Sümmchen einbringen, selbst wenn du den Häusern fragwürdigen Rufs fernbleibst. Ich sag dir nur die Wahrheit, meine Schöne!"

Lorraine hatte sich Cotton Joes Rede angehört und Tränen standen in ihren Augen. Sie wusste, dass ihr vertrauter Freund recht hatte. „Ich habe ihn furchtbar verletzt, als ich ihn abgewiesen habe, Joe!"

"Ja, das stimmt und trotzdem hat er Kopf und Kragen für dich riskiert und dir das Leben gerettet!"

"Du hast recht mein Freund. Ich wäre total verrückt, wenn ich diesen wunderbaren Mann einfach weggehen ließe. Bitte entschuldige mich, aber ich muss ihn finden."

Cotton Joe blinzelte ihr zu. „Mach dich auf den Weg, ich habe hier alles, was ich brauche.

Nimm mein Pferd und reite zu deinem Mann!"

Lorraine stand auf, ging um das Haus und sattelte Joes Stute. Dann ritt sie eilends aus der Stadt. Jesse war aber nicht bei der Mine.

Natürlich, wie dumm von mir, es ist ja Sonntag und er hat heute seinen wohlverdienten freien Tag. Ob er wohl Zuhause ist. Er hat ja das alte Keller Ranch Haus gekauft.

Der gutaussehende Minenarbeiter saß Zuhause in seinem Schaukelstuhl auf seiner Veranda. Er vermisste die Anwesenheit seines Freundes Joe, wenn er in der Mine war.

Mann, bin ich erleichtert, dass Cotton Joe bald wieder gesund sein wird und mit mir unter Tage arbeiten kann. Ich muss mir aber Gedanken machen, ob es nicht besser für mich wäre, Tombstone für immer den Rücken zu kehren.

Jesse hatte Sehnsucht nach Lorraine, aber darüber wollte er nicht nachdenken. Die beiden hatten sich kaum gesehen, seit er Lincoln Duncan in jener schicksalshaften Nacht erschossen hatte.

Der Marshal hatte ihn zu den Vorkommnissen verhört, aber Jesse war bereits am nächsten Tag als unschuldig erklärt worden. Nun war er in Tombstone als respektierter Mann angesehen und die Nachricht, dass er derjenige gewesen war, der Lorraine Bernards Leben gerettet hat, verbreitete sich wie ein Lauffeuer in den Saloons und Bordellen der Stadt.

Ihn ließen die Lobeshymnen kalt. Er hatte die Frau, die er liebte, sowieso verloren und war am Boden zerstört. Jesse hatte lange nicht realisiert, wie tief die Gefühle für seinen `Boss´ waren. Erst als sie ihn kaltherzig mitten auf der Straße zurückgewiesen hatte, war es ihm klar geworden. *Ich habe meinen Schwur gehalten sie zu beschützen und nun ist es an der Zeit, zu entscheiden, ob ich diese Stadt verlasse oder weiter für sie arbeiten werde.*

Im Moment hatte er keine Ahnung, wie er sich entscheiden würde, aber wahrscheinlicher war, dass er gehen würde. Es wäre mit Sicherheit zu schmerzhaft für ihn, ihr immer wieder über den Weg zu laufen in der Gewissheit, dass sie nie etwas anderes sein würde als die Frau, die ihm seinen Lohn bezahlt.

Das Getrappel der Hufe eines sich nähernden Pferdes brachten ihn zurück in die Realität. Er griff nach seinem Colt 45 und wartete. Überraschung zeigte sich auf seinem Gesicht als er Lorraine erkannte, die auf Joes Pferd auf sein Grundstück geritten kam. Er senkte die Waffe und wartete bis sie abgestiegen war.

„Was bringt dich hier raus in die Wildnis? Stimmt etwas nicht mit Joe?" Sie schüttelte den Kopf. "Nein, es geht ihm soweit ganz gut. Tatsächlich heilt seine Wunde schneller als angenommen und es wird nicht lange dauern, bis er dich wieder in den Minenschacht begleitet", fügte sie mit einem mädchenhaften Lächeln hinzu.

"Aha, und was bringt dich dann hier zu mir raus?"

Sie hatte sein Zuhause noch nie zuvor gesehen und

schaute sich um. Sie betrachtete das Haus, den Pferch für die beiden Pferde, die ihr neugierig entgegenblickten und den neu errichteten Unterstand für die Tiere. Dann entdeckte sie die hübsche Holzbank, die unter einem Mesquite Baum stand. „Darf ich?", fragte sie und zeigte dabei auf die Bank. Er nickte, nahm ihr die Zügel ab, führte das Pferd zur Veranda und wickelte die Zügel um das Geländer.

"Es ist wunderschön und so friedlich hier draußen", sagte sie lächelnd. Er stand unbeweglich neben ihr und wartete. Verwirrung zeigte sich auf seinem Gesicht. Er fragte sich, was sie mit diesem Besuch beabsichtigte. Sie drehte sich ihm zu. „Jesse, ich habe dir weh getan und mich falsch verhalten und ich bin gekommen, um mich zu entschuldigen."

"Das brauchst du nicht, Lorraine. Ich verstehe mittlerweile deine Position in der Stadt. Ich nehme es dir nicht übel. Lass es uns einfach vergessen! Ich war ein Narr zu denken, dass sich alles über Nacht ändern könnte. Ich weiß, dass ich dir bei weitem nicht das bieten könnte, wie so manch anderer Mann.

Ich war bereits schon einmal verheiratet und konnte nicht einmal die hohen Ansprüche meiner ersten Frau befriedigen. Mit Sicherheit könnte ich dir nie das Leben bieten, wie zum Beispiel Richter Taylor. Ich habe kein Recht zu versuchen, dein Leben zu ändern und das ist mir nun bewusst geworden."

Er schaute verloren über sein Grundstück, die Mundwinkel traurig nach unten gezogen und ließ seine starken Schultern hilflos hängen. Die Frau saß auf der Holzbank und geschockt musste sie erkennen, dass Jesse sie aufgegeben hatte.

Was hast du denn erwartet? Das ist deine eigene Schuld!
Sie räusperte sich, denn für einen kurzen Moment brachte

sie keinen Ton heraus.

Dann fing sie an zu sprechen und wog dabei jedes Wort genau ab. Lorraine wusste, dass das was sie jetzt zu sagen hatte, wohlmöglich die wichtigste Ansprache ihres Lebens werden könnte. *Das ist wahrscheinlich die einzige Chance, die ich habe, den Kurs unseres Schicksals zu ändern.*

"Jesse, ich weiß, dass du weder reich noch ein Mann in wichtiger Position bist. Aber mir ist bewusst, wie du für mich fühlst. Mir fallen nicht einmal genügend Worte ein, um dir dafür genügend danken zu können, dass du mir mein Leben gerettet hast. Ich will, dass du verstehst, dass das was ich dir jetzt sagen werde ehrlich gemeint ist. Ich will nicht, dass du denkst, dass ich aus schlechtem Gewissen oder erzwungener Dankbarkeit hierhergekommen bin."

Sie schwieg einen Moment, um ihre Gedanken zu sammeln. „Als du in mein Leben kamst, war ich noch nicht dazu bereit, sesshaft zu werden und mich für einen Mann zu entscheiden und ja, vielleicht habe ich mich ein bisschen in die Enge getrieben gefühlt. Ich flüchte, sobald ich das Gefühl habe, dass mich jemand kontrollieren will. Meine Familie hat vor Jahren versucht mich in ein Leben zu zwingen, dass ich nicht wollte. Ich habe mir damals, als ich alles hinter mir lassen musste geschworen, dass ich niemals einen Menschen erlauben würde mich einzusperren. Ich war davon überzeugt, dass du von mir erwarten würdest, dass ich mein Leben der käuflichen Liebe aufgebe und du mich von da an kontrollieren würdest. Es fällt mir unglaublich schwer die Mauern des mühsam aufgebauten Selbstschutzes zu öffnen und mein Herz und meine Zukunft in die Hände eines anderen zu legen. Ich bin es einfach nicht gewohnt. Außerdem war ich mir sicher, dass du immer noch deiner Frau nachtrauerst, was mein Misstrauen nur noch schlimmer gemacht hat."

Sie hielt einen Augenblick ihren Atem an und versuchte ihre Emotionen unter Kontrolle zu halten. Jesse stand still neben ihr, wartete und unterbrach sie kein einziges Mal.

Als sie schließlich zu ihm aufblickte sah er, dass sich ihre Augen mit Tränen gefüllt hatten und ihre Wangen gerötet waren. Als Lorraine weiter sprach zitterte ihre Stimme.

„Es fällt mir wirklich nicht leicht, aber ich muss zugeben, dass ich jeden Tag, seit du an jenem Morgen mein Bett verlassen hast, pausenlos an dich gedacht habe. Es geht mir nicht nur um die Leidenschaft, die wir geteilt haben. Aber ich schäme mich auch nicht zuzugeben, dass unser Zusammensein mich stärker erregt hat, wie alles was ich bislang in meinem Leben erlebt habe.

Ich habe mich noch nie so begehrt und dennoch so sicher und geborgen in den Armen eines Mannes gefühlt. Ich habe mich noch nie so vollkommen gehen lassen und nie zuvor habe ich Liebe und Fürsorge in solch einem Ausmaß gespürt, wie bei dir. Ich kann gar nicht zurückkehren in das Leben eines gefallenen Engels, denn der Gedanke, dass ein anderer Mann mich berühren könnte ist mir nun unerträglich geworden. Es fühlt sich einfach nicht richtig an. Lieber bleib ich ganz allein, als dass ich in Zukunft meinem Körper einem anderen hingebe. Ich gehöre dir, Jesse Connor und ich flehe dich an, vergib mir! Ich war zu blind, um zu erkennen, wieviel ich dir bedeute. Ich liebe dich und ich bete, dass du mich immer noch als Gefährtin für den Rest unseres gemeinsamen Leben willst. Ohne dich fühle ich mich nicht vollständig!"

Jesse starrte sie sprachlos mit offenem Mund an. Er konnte nicht glauben, was er da hörte. Diese großartige Frau wollte ihn als Mann! Ihn, einen hart arbeitenden Schürfer?

Sie war die unangefochtene Königin von Tombstones sündigen Bezirk, die begehrteste Frau der Stadt und war willens das alles für ihn aufzugeben?

Hat sie wirklich gesagt, dass sie mich für den Rest ihres Lebens will? Ist das wirklich möglich? Jesse stand sprachlos vor ihr und wusste nicht was er antworten sollte. *Was, wenn sie sich nur aus Dankbarkeit oder schlechtem Gewissen auf mich einlässt?*

Es ist zu spät, dachte sie, denn Jesse schwieg. Lorraine stand langsam auf. Sie ging auf das Pferd zu, das geduldig neben der Veranda wartete und konnte kaum den Weg vor ihr erkennen, denn sie war blind vor Tränen.

„Lorraine, bitte geh nicht! Bleib hier bei mir!" Seine Stimme war leise und schien aus großer Distanz zu kommen. Sie drehte sich um und blickte zu ihm zurück.

Er ging auf sie zu und hob sie mit einer schwungvollen Bewegung von ihren Füßen auf seine Arme. Sie war überrascht aber schlang dennoch ihre Arme um sein Genick.

Er trug sie wortlos die Veranda hinauf in sein kleines Haus. Sie blickte sich einen Moment um. Es war ein überraschend gemütliches, hübsches Häuschen, dass er liebevoll und ordentlich eingerichtet hatte. „Oh, Jesse, wie hübsch und gemütlich es hier ist. Ich liebe das Haus jetzt schon."

"Ich weiß, dass du normalerweise eine luxuriösere und elegantere Umgebung gewohnt bist." Sie schüttelte nur lachend ihren Kopf, aber plötzlich wurde ihr klar, dass Jesse wahrscheinlich noch nie eine Frau in dieses Haus gebracht und es ursprünglich für seine Ehefrau eingerichtet hatte.

Sollte ich überhaupt hier sein? Sie fühlte sich etwas unbeholfen und er spürte es.

"Ich war von allen guten Geistern verlassen, als ich

glaubte, dass dies hier jemals ein Zuhause für Maggie sein könnte. Sie hat mich weder als Ehemann geschätzt noch die Dinge anerkannt, die ich erreicht habe im Leben. Ich würde niemals versuchen sie zu ersetzen, meine Liebe! Tatsache ist, meine Ehe war bereits chancenlos, bevor ich Kansas verlassen habe. Ich wollte es mir nur nie selbst eingestehen. Mein ganzes Leben habe ich noch nie für eine Frau so tief empfunden, wie ich für dich empfinde. Wenn dieses Haus jemals als ein Zuhause für meine Ehefrau bestimmt war, dann müsstest du diese Ehefrau sein."

Eine einzelne Träne rollte über ihre Wange und sie küsst ihn zärtlich. Er hielt sie eng in seinen Armen an sich gedrückt.

Gott, ich danke dir von ganzem Herzen, dass diese wunderbare Frau das Attentat überlebt hat und du sie mir in mein Leben geschickt hast. Verzeih mir, dass ich mein Schicksal hinterfragt habe und Zweifel an dir hatte.

Als sie sich dieses Mal liebten, war alles anders. Obwohl sie wieder heißblütiger Leidenschaft erlagen, war dennoch jede Berührung so viel intensiver, weil sie ihre Liebe füreinander nicht länger verstecken mussten. Sie ließen sich Zeit und ihre Herzen verschmolzen zu einer Einheit genauso wie ihre Körper. Stunden später kniete sich Jesse vor sie hin und fragte Lorraine, ob sie ihn heiraten würde. Glücklich sagte sie ja, während ihr Freudentränen über die Wangen rollten.

KAPITEL VIERUNDZWANZIG

***

EIN PAAR TAGE SPÄTER GING LORRAINE RÜBER ZU RICHTER TAYLORS HAUS.

"Meine geliebte Lorraine, ich bin so glücklich zu sehen, dass es dir besser geht." Wie immer war Richter Taylor hocherfreut sie empfangen zu dürfen und lächelte breit. Ihr aber war bewusst, dass sie ihn heute sehr verletzen würde, aber leider führte kein Weg daran vorbei.

"Mein lieber, treuer Freund, ich bin gekommen, um mit dir über meine Zukunft zu sprechen. Ich bin dir sehr dankbar dafür, dass du mir ein anständiges Leben durch eine Heirat mit dir angeboten hast, und denke bitte nicht, dass ich nicht ernsthaft darüber nachgedacht habe." Ein hoffnungsvoller Schimmer brachte seine Augen zum Leuchten.

"Gleichwohl muss ich dir gestehen, dass ich mein Herz an einen anderen verloren habe und ich kann diese Gefühle für ihn nicht länger leugnen. Ich habe mich dazu entschlossen, diesen Mann zu heiraten. Ich hoffe du kannst mir eines Tages vergeben und wünsche mir sehr, dass du mein vertrauter Freund bleibst."

Der Richter schaute sie fassungslos an und seine Miene, die ihr noch vor wenigen Minuten so strahlend entgegenblickt hatte, zerfiel zu einer Maske der Traurigkeit. Eine einzelne Träne verfing sich an seinen hellblonden Wimpern. Nach einem Moment peinlicher Stille sprach er schließlich.

"Lorraine, du weißt, dass ich dich aufrichtig liebe. Es bereitet mir furchtbaren Schmerz dich zu verlieren. Aber dich zu lieben heißt auch, immer das Beste für dich zu wollen. Ich habe dir einst versprochen dich glücklich zu machen und wenn das Erfüllen diese Schwurs bedeutet, dass ich dich gehen lassen muss, dann soll es so sein! Ich werde bis zu meinem letzten Atemzug als Freund an deiner Seite sein, wenn du mich brauchst."

Sie stürzte auf ihn zu und umarmte den Mann herzlich. Was für ein aufrichtiger Gentleman Richter Taylor doch war. „Nun meine Schöne der Nacht, darf ich zumindest erfahren, wer der glückliche Teufel ist, der mir dein Herz wie einer dieser Monsun Stürme entrissen hat?"

Sie erzählte ihm alles über Jesse und ihre Gefühle für ihn. Der Richter nickte bedächtig. „Ich bin unglücklich darüber, dass nicht ich der Auserwählte bin, aber ich gebe offen zu, dass Jesse Connor eine würdige Wahl ist, mein Liebling. Du hättest wohl kaum eine bessere Seele in dieser verrückten Stadt finden können, abgesehen von mir natürlich und dem alten Cotton Joe."

Jesse Connor hatte Lorraines Leben gerettet und war ein fleißiger, anständiger Kerl. Sie hatte weise gewählt und Richter Taylor hatte nicht vor, ihr im Weg zu stehen, wenn ein Leben an der Seite von Jesse das war, was sie sich wünschte.

Am folgenden Tag suchte der Richter das Gespräch mit Jesse Connor.

"Junger Mann, ich möchte dir versichern, dass ich dir nicht im Wege stehen werde und auch keinen Groll gegen dich empfinde. Meine Priorität war es immer gewesen Lorraine glücklich zu machen. Das heißt, dass ich sie gehen lassen muss. Du bist ein guter Kerl und ich werde dich immer dafür respektieren, dass du sie vor diesem skrupellosen Mörder gerettet hast. Aber sei versichert, dass ich dich durch das ganze Territorium jagen werde, wenn du sie einmal schlecht behandelst! Solltest du ihr Herz brechen, dann schwöre ich auf die Bibel, dass ich Gerechtigkeit über dich bringen werde und es dir leid tun wird, überhaupt geboren worden zu sein. Hast du das verstanden, Junge?"

"Jawoll, Sir! Aber ich kann Ihnen versichern, dass ich nichts anderes will, als sie glücklich zu machen."

Richter Taylor und Jesse beendeten ihr Gespräch von Mann zu Mann mit einem herzlichen Händeschütteln und der Richter klopfte dem jüngeren Mann dabei auf die Schultern. Er mochte diesen jungen Burschen. Im Lauf der Jahre hatte Richard Taylor gelernt, den Charakter eines Mannes richtig einzuschätzen.

Dieser Connor ist ein ehrlicher Kerl und ich bin sicher, dass er meine kostbare Lorraine mit Liebe und Respekt behandeln wird.

Leider hat sie sich nicht für mich entschieden und das wird mir noch eine lange Zeit zu schaffen machen.

* * *

Der Tag der Hochzeit war sonnig und strahlend. Viele Bewohner der Stadt waren in der kleinen Kirche zusammengekommen, um Zeugen zu sein, wie das Paar sich das Jawort gab. Die beiden waren seit Tagen das Gesprächsthema Nummer eins in den Saloons.

Einige der leichten Mädchen hatten sich ebenfalls in der Kirche eingefunden, blieben aber in den hinteren Reihen nahe der Türe. Ob sie dies aus Furcht oder Respekt gegenüber den sogenannten anständigen Frauen Tombstones taten wusste keiner. Einige von Lorraines Kunden ertränkten ihre Trauer über Lorraines zukünftige Abwesenheit in den Bordellen und Saloons in Unmengen von Whiskey. So schaffte es Lorraine selbst nach ihrem Abschied vom Nachtleben in Tombstone immer noch die Kassen der Saloon Besitzer klingeln zu lassen.

"Schau dir diese Narren an. Selbst jetzt, wo sie sich für das Leben einer anständigen Ehefrau entschieden hat, bringt sie mir noch gute Umsätze", lachte der Besitzer des Oriental Saloons und klopfte dabei seinem Bruder auf die Schulter.

Lorraine hatte sich damit einverstanden erklärt ab und dann im Bird Cage Theater und dem Oriental Saloon als Sängerin aufzutreten. Damit hatte Jesse auch kein Problem, denn er würde sie begleiten.

Die Leute in der Kirche waren ganz aufgeregt und plapperten fröhlich durcheinander. Jesse stand neben dem Priester und sah heute besonders attraktiv aus, denn er trug sein bestes Hemd und einen schlichten Anzug, den Richter Taylor ihm sogar gegeben hatte. Natürlich spannte das Jackett ein wenig an seinen muskulösen Oberarmen.

Es war für alle offensichtlich, wie nervös der Bräutigam war. *Junge, Junge ich hätte nie gedacht, dass ich eines Tages glücklich sein würde, geschieden zu sein. Dank meiner Ex Frau erlebe ich nun den glücklichsten Tag meines Lebens.*

Endlich fing die Glocke an zu läuten und verkündete den Sieg der Liebe in der ganzen Stadt Tombstone. Alle drehten sich um und blickten zur Türe, um die Braut zu sehen.

Lorraine trat in die Kirche und trug ein cremefarbenes, viktorianisches Spitzenkleid. Ihr Haar war an den Schläfen zurückgesteckt und fiel ihr in langen Schillerlocken über die Schultern den schmalen Rücken herab bis zu ihrer schlanken Taille. Einzelne kleine, weiße Rosenknospen waren in ihr dickes Haar geflochten. Sie sah aus, wie eine Märchenprinzessin.

Cotton Joe geleitete sie zum Altar und sein Gesicht strahlte vor Stolz. Ein Raunen ging durch die versammelte Gemeinde und alle starrten die atemberaubend schön aussehende Braut an. Ein strahlendes Lächeln erhellte ihr fein geschnittenes Gesicht und ihre Wangen waren vor Aufregung leicht gerötet.

Jesse beobachtete, wie sie langsam auf ihn zuschritt und Tränen des Glücks standen in seinen Augen. Als sie an seine Seite trat, reichte Joe symbolisch ihre schmale Hand an Jesse weiter. Dann trat der beste Freund des Brautpaares respektvoll in die erste Bank zurück.

Der Priester blickte über die versammelten Bewohner von Tombstone. „Liebe Brüder und Schwestern, wir haben uns hier heute versammelt, um diese beiden Menschen, Jesse Connor und Lorraine Bernard im heiligen Bund der Ehe zu vereinen. Was Gott verbunden hat, soll der Mensch nicht trennen."

Die Liebe, die von der Braut und den Bräutigam ausging, war ein greifbares Geschenk für alle im Raum. Jeder der Anwesenden war zutiefst gerührt. Richter Taylor stand als Trauzeuge neben den beiden und selbst er lächelte warmherzig. Nach einer kurzen Predigt und dem Segen erreichte der Priester das Ende der Zeremonie. "Ich ernenne euch hiermit zu Mann und Frau vor Gott und der Gemeinde von Tombstone."

Kaum hatte er den Satz beendet, flog die Kirchentüre mit einem lauten Knall auf und alle Gemeindemitglieder drehten sich erschrocken nach der Quelle des Lärms um. Das grelle Licht der Nachmittagssonne fiel durch die offene Doppeltüre in den Raum und blendete alle. Daher dauerte es auch einen Moment, bis die Hochzeitsgäste den Eindringling im grellen Licht erkannten.

Blonde Mary stand im Türrahmen und zielte mit einem Gewehr auf die Braut. Als sie schließlich sprach glich ihre Stimme eher einem hysterischen Kreischen und ihre Augen glitzerten vor blankem Wahnsinn.

"Du denkst wohl du wirst den Rest deines erbärmlichen Lebens lächelnd und glücklich als Ehefrau fristen. Mein Mann wurde mir wegen dir grausam weggenommen, Bernard! Ich sollte diejenige sein, die vor diesem verfluchten Sündenprediger als Braut an der Seite von meinem Lincoln steht. Du bist nichts weiter als ein billiges Flittchen, Lorraine Bernard! Du bist keinen Deut besser als ich selbst oder jede der Weiber auf der Sixth Street. Du wirst nicht glücklich und zufrieden den Rest deines Lebens verbringen, weil du es nicht verdienst! Dafür werde ich sorgen!"

Die Gäste konnten kaum glauben, welch hässliche Szene sich hier vor ihnen abspielte und viele unter ihnen drückten offen ihre Abscheu über Blonde Marys unmögliches Benehmen aus.

"Ich schwöre, du wirst keine glückliche Braut sein, Bernard! Ich verfluche dich! Du wirst zur Hölle fahren, wo du auch hingehörst, hörst du mich? Ich werde dich selbst dorthin schicken!"

Blonde Mary legte das Gewehr an und zielte auf die wunderschöne Braut am Ende des Ganges. Lorraine konnte sich nicht rühren, denn sie war vor lauter Schock über die plötzliche Wende ihrer Hochzeit wie gelähmt, aber Jesse reagierte blitzschnell. Der laute Knall des Gewehres zerriss die vorher so feierliche Stimmung in dem Gebäude und ließ die Hochzeitsgäste schreiend nach Deckung suchen.

Jesse sprang vor seine Braut und warf sie dabei um. Er bedeckte sie mit seinem eigenen Körper. Männer rannten los und stürzten sich auf Blonde Mary und warfen die schreiende Frau, die bereits versuchte nachzuladen, zu Boden. Sie kämpfte, kreischte und biss sogar den ein oder anderen und verhielt sich wie eine in die enge getriebene Klapperschlange. Erst jetzt erkannten die Bewohner Tombstones, dass die Bordellchefin durch den Tod ihres Liebhabers den Verstand verloren hatte. Es brauchte drei starke Männer, um sie schließlich ruhig auf dem Boden zu halten. Einer von ihnen schrie, „Zur Hölle, schmeißt diese gottverlassene Hexe hinter Gitter!" Nach einigem Gerangel gelang es ihnen schließlich die Frau aus der Kirche raus und über die Straße zum Büro des Marshals zu schleppen.

Sie schlossen sie in dieselbe Zelle, in der Lincoln eingesperrt gewesen war. Dort saß sie auf dem Boden und schrie wie von Sinnen Lorraines Namen und drohte immer wieder damit, diese und Jesse umzubringen. Schließlich wurde es einem der Männer zu viel und er schlug sie kurzerhand mit dem Griff seines Colts bewusstlos.

Der Tumult in der Kirche war immer noch auf dem Höhepunkt. Einige der Leute versuchten, dem frischvermählten Ehepaar auf die Füße zu helfen. Lorraines Kleid war bedeckt mit tiefroten Blutflecken, aber es war nicht ihr Blut. Sie war blass wie die Kirchenwand und stand unter Schock. Aber es war Jesse, um den sie sich sorgte. Ihr frisch angetrauter Ehemann lag auf dem Boden. Sein Hemd war getränkt mit Blut, dass noch immer aus einer Schusswunde pulsierte. „Ich bin nicht verletzt! Ich bin nicht verletzt, es ist Jesse! In Gottes Namen helft doch meinen Jesse!" schrie sie die Zuschauer neben ihr an

Da erst verstanden die Anwesenden, dass ihr geliebter Schürfer die Kugel abgefangen hatte, die für sie bestimmt gewesen war. Es war das zweite Mal, dass er ihr das Leben rettete, aber dieses Mal bezahlte Jesse einen hohen Preis.

Einige ihrer Freunde trugen den Verletzten in das Haus des Doktors.

Goodfellow schnitt das Hemd des Bräutigams auf und untersuchte die Schusswunde. Er ließ sich dabei Zeit, während die Braut neben ihm stand und den kalten Schweiß von der Stirn ihres geliebten Mannes tupfte. Sein Gesicht fühlte sich kühl an und sie hatte furchtbare Angst ihn zu verlieren. Schließlich ging Doktor Goodfellow zu seiner Ledertasche und schaute sie erschüttert dabei an.

Lorraine wartete nervös darauf, dass er mit der Operation anfangen würde, denn sie wusste, dass der Doktor die Kugel so schnell wie möglich entfernen musste, bevor Jesse noch mehr Blut verlor.

Doc, auf was warten sie denn? Nehmen sie endlich die Kugel aus seiner Brust!"

Cotton Joe stand neben ihr und schaute den Doktor an. Als er dessen Gesichtsausdruck sah, wusste er, dass es sehr schlimm um Jesse stand. Doktor Goodfellow räusperte sich.

"Lorraine, es tut mir von ganzem Herzen leid, aber es gibt nichts, was ich für ihn tun kann."

"Was meinen sie damit? Sie müssen doch nur die Kugel entfernen, Doc!"

Der Doktor jedoch schüttelte seinen Kopf. „Das kann ich nicht. Die Kugel ist viel zu nahe am Herz. Sie steckt tief im Lungenflügel. In dem Moment, in dem ich die Kugel entferne, würde die Lunge kollabieren und entweder erstickt er oder verblutet uns. So oder so, er wird es nicht schaffen! Gott vergib mir, aber dieses Mal gibt es wirklich gar nichts, was ich tun kann, um diesen Mann zu retten."

Goodfellow drehte sich langsam um, ging schweigend aus dem Zimmer und versuchte dabei seine Tränen der Frustration und Hilflosigkeit zu verstecken. *Warum geht er weg? Er hat doch so viele Schusswunden behandelt. Warum nicht diese?* „Doc, sie haben doch auch Cotton Joe gerettet!

Ich flehe Sie an, kommen Sie zurück! Lassen Sie meinen Mann nicht sterben!"

Sie blickte auf Jesse herab, der still ausgestreckt auf dem Tisch lag.

Cotton Joe war fassungslos. *Nicht jetzt, nicht heute wo sie endlich zueinander gefunden haben.* Joe berührte vorsichtig Lorraines Schulter und betrachtete ihr blasses Gesicht. Er fühlte sich furchtbar hilflos.

Schließlich wurde Lorraine die Tragweite von Doktor Goodfellows Aussage bewusst. *Ich werde ihn verlieren. Jesse wird sterben.*

Sie betrachtete ihn schweigend, während die Tränen ihre Wangen herabbrannten. Da lag ihr Ehemann ganz still auf dem Holztisch. Sie sank auf die Knie und legte ihren Kopf auf die Hand ihres geliebten Mannes und ihre Tränen benetzten den Ärmel seines Hemdes. *Jesse, mein geliebter Jesse, lass mich bitte jetzt nicht allein! Ich brauche dich doch!*

Cotton Joe stand auf der anderen Seite des Bettes und bemerkte, wie das Blut seines Freundes langsam durch die Bandage über seiner Brust drang. Joe weinte und hinterfragte dieses grausame Schicksal. *Ist das deine Gerechtigkeit, Gott? Ist das fair? Warum lässt du es zu, dass am Schluss die Bösen gewinnen?*

Jesse öffne seine Augen und flüsterte den Namen seiner Frau. Sie hob ihren Kopf an und schaute zu ihm auf. „Du hast heute wunderschön ausgesehen, Lorraine. Ich bin der glücklichste Mann auf Erden."

Sie aber schüttelte verzweifelt ihren Kopf. „Wenn ich nicht wäre, dann hätte dieses Ungeheuer heute nicht auf dich geschossen, Jesse!" Er aber widersprach ihr.

"Sei nicht töricht, Lorraine! Hätte ich dich nicht getroffen, hätte ich niemals wahre Liebe kennengelernt. Versprich mir, dass du dich nur noch auf das Geschäft mit der Mine konzentrierst, mein schöner Engel. Das Gewerbe der käuflichen Liebe ist viel zu gefährlich und ich werde dich nicht mehr beschützen können. Es tut mir so leid, dass ich voraus gehen und dich allein lassen muss, aber eines Tages werden wir wieder vereint sein."

Sie schluchzte laut auf, als er versuchte seine Hand anzuheben. Er berührte sie sanft an der Wange und sie hielt seine kalten Finger fest und küsste diese zärtlich. Seine Stimme war nun sehr schwach.

„Lorraine, sag es mir noch einmal! Tust du das für mich?"

Sie schaute ihn gefasst an und Cotton Joe drehte sich zutiefst erschüttert weg und weinte hilflos wie ein kleines Kind. Sie aber flüsterte dem Verletzten zu,

„Ich liebe dich, Jesse Connor, mein geliebter Ehemann!"

Er lächelte und flüsterte, „Es wird mir nicht schwerfallen, friedlich einzuschlafen, weil ich weiß, dass ich so tief und aufrichtig von meiner Frau geliebt werde. Ich warte auf dich auf der anderen Seite, Lorraine Connor. Ich verspreche dir, dass wir uns eines Tages wiedersehen werden!"

Er lächelte noch immer, als er seinen letzten, friedlichen Atemzug tat. Der Ruf eines einsamen Kojoten wehte durch das offene Fenster in den Raum. Jesse Connor war tot.

***

Eine Woche später fand die Gerichtsverhandlung gegen Blonde Mary statt. Sie saß in sich gekehrt und in Ketten gelegt auf der Anklagebank des Gerichtssaales und schaukelte verwirrt vor und zurück. Blonde Marys Verstand war nicht mehr im Stand der Gerichtsverhandlung zu folgen.

Richter Taylor verurteilte sie dazu, den Rest ihres Lebens hinter Gitter im Territorium Gefängnis von Yuma zu verbringen. Die meisten Menschen in der Stadt hätten sie am liebsten an einem Galgen baumeln gesehen, aber für sie macht es keinen Unterschied mehr. Sie hatte ihren Verstand verloren und das Gefängnis von Yuma war sowieso als `Tor zur Hölle´ bekannt.

Später wurde berichtet, das Blonde Mary fünf Jahre ihres Lebens in Yuma verbracht hatte und schließlich an Tuberkulose gestorben war. Unter den anderen Insassen war sie nur als Crazy Mary bekannt gewesen und hatte ihre Tage damit verbracht, auf dem Boden sitzend vor und zurück schaukelnd endlose Geschichten über ihren Liebhaber Wild Linc Duncan zu erzählen. Immer wieder versicherte sie den Menschen um sie herum, dass dieser kommen würde, um sie aus dem Gefängnis zu befreien, wie sie es einst für ihn getan hatte und dann würden die beiden heiraten.

NACHWORT

* * *

LORRAINE BERNARD HIELT IHR VERSPRECHEN UND KEHRTE NIE MEHR IN DAS Leben der käuflichen Liebe zurück. Sie verkaufte ihr Stadthaus und lebte fortan in Jesses kleinem Adobe Haus.

Cotton Joe bewirtschaftete immer noch die Mine für sie und die ehemalige Prostituierte gab einen großen Teil ihres Vermögens für andere gefallene Mädchen der Toughnut Street und Sixth Street aus. Sie versorgte die Frauen mit Essen, medizinischer Betreuung und oft verhalf sie ihnen zu einem besseren, anständigen Leben.

Sie erlaubte keinem Mann den Platz ihres geliebten Ehemannes einzunehmen, weder im Bett noch in ihrem Herzen. Sie dachte jeden Tag an Jesse und blieb ihm treu. Lorraine vermisste ihn schrecklich.

Jahre nach den furchtbaren Ereignissen, stand die attraktive Witwe in der Küche, wusch das Geschirr und blickte dabei versonnen durch das Küchenfenster. Sie schaute zur verwitterten Bank unter dem Mesquite Baum, dessen immergrüne Blätter Schatten spendeten. Es war ihr der liebste Ort, wo sie oftmals nach getaner Arbeit ihre Bücher las.

Doch heute konnte sie ihren Augen kaum glauben.

„Wer zum Henker sitzt dort einfach auf meiner Bank?" Offensichtlich war ein Fremder auf ihr Privatgrundstück eingedrungen. Irgendein Cowboy saß dort und lächelte zum Haus rüber. Sie glotzte fassungslos zu ihm rüber und ließ dabei beinahe den Teller, den sie gerade abtrocknete auf den Boden fallen. Sie wischte zögerlich ihre Hände an der Schürze ab und griff nach der Pistole, die im Halfter neben der Türe hing. Dann trat sie auf die Veranda.

Eine Frau, die allein lebt, musste vorsichtig sein. Der Cowboy jedoch bewegte sich nicht. Wer war er und was wollte er?

Als sie näherkam, sah sie das jungenhafte Lächeln und sie hob ihre Hand an den Mund, um einen Aufschrei zu unterdrücken.

"Oh mein Gott!", flüsterte sie. Sie ging vorsichtig auf die Bank zu und setzte sich. Angst verspürte sie keine mehr. Der Cowboy lächelte sie an.

"Hallo, Lorraine Connor. Ich bin gekommen, um dich endlich mit mir nach Hause zu nehmen."

Sie weinte aber nickte. Ihre Lächeln erhellte ihr ganzes Gesicht und es war strahlend, wie es immer gewesen war. Sie legte die Pistole zur Seite, denn sie wusste, dass sie die Waffe nicht brauchen würde. Nein, sie fürchtete sich nicht mehr.

"Hallo Jesse, mein geliebter Ehemann!"

* * *

Cotton Joe fand Lorraine am späten Nachmittag. Sie saß auf ihrer Bank unter dem Mesquite Baum. Sie lehnte entspannt gegen dessen Stamm und auf ihrem Gesicht sah Joe das schönste Lächeln, das er jemals an ihr gesehen hatte-natürlich abgesehen vom Tag ihrer Hochzeit.

Ihr Freund nahm seinen Hut vom Kopf und beugte sein

Haupt im stillen Gebet. Er berührte sie sanft an der kalten Wange und Tränen liefen ihm über sein faltiges Gesicht. Die außergewöhnlichste Frau und der beste Freund, den er je gekannt hatte, war tot.

„Leb wohl mein wunderschöner Engel. Ich danke dir für alles. Du warst wirklich ein Geschenk Gottes!"

Lorraine Bernard-Connor, einst bekannt als der schönste und erfolgreichste aller gefallener Engel in der Stadt Tombstone, war nach Hause zurückgekehrt, um mit der Liebe ihres Lebens, ihrem Ehemann und Schürfer Jesse Connor vereint zu sein.

ANERKENNUNGEN DER AUTORIN

ICH MÖCHTE DIESES BUCH ALL DEN MINENARBEITERN DER PIONIERZEIT WIDMEN, angefangen mit Edward Lawrence Schieffelin, Gründer der Stadt Tombstone und Auslöser des Silberbooms in Arizona. Ohne ihn und auch ohne die vielen gefallenen Engel, die ihr Gewerbe während der Blütezeit der Stadt betrieben haben, wäre Tombstone nie zu der Legende geworden, die sie heute ist.

Das Leben während der Pionierjahre war strapaziös, insbesondere für die Schürfer und die Prostituierten, die beide dennoch ein wichtiger Bestandteil der Gesellschaft jeder Boomtown waren.

Einige der Frauen waren aus verschiedenen Gründen zur Prostitution gezwungen. Andere wiederum wählten dieses Gewerbe aufgrund des sicheren Einkommens, das es bot.

Tombstone beherbergte eine enorme Anzahl an sogenannten ʻbefleckten Täubchenʼ. Der Rotlichtdistrikt zog sich während der Blütezeit der Stadt über sechs Blocks von der Toughnut Street bis hin zur Sixth Street.

DIE MINENARBEITER VON TOMBSTONE

NICHTS VON TOMBSTONES GESCHICHTE ODER BERÜHMTEN SCHIEBEREIEN hätte jemals stattgefunden, wenn nicht das Kind deutscher Immigranten namens Edward Lawrence Schieffelin aus Pennsylvania diese Siedlung gegründet hätte. Er war der erste Mann gewesen, der in den Hügeln rund um Tombstone Silber fand.

Einer ungefähren Schätzung zur Folge, lag die Silberausbeute der damaligen Minenproduktion von Tombstone bei rund 40 Millionen Dollar. Das würde dem heutigen Gegenwert von 1,7 Milliarden Dollar entsprechen. Die erste Silberader, die Schieffelin untertags fand war über fünfzehn Meter lang.

Aufgrund der vielversprechenden Ausbeute in den Minen explodierte die Bevölkerungsanzahl der Stadt regelrecht. Innerhalb eines Jahres verwandelte sich Tombstone von einem Zeltlager zu einer Stadt mit über 7000 Einwohnern. In alten Stadtdokumenten findet man Hinweise darauf, dass zur Blütezeit sogar bis zu 15.000 Menschen in der Stadt lebten. Da ursprünglich nur diejenigen, die auch Land besaßen als feste Einwohner registriert wurden, wäre diese hohe Anzahl an Bewohnern durchaus als wahr denkbar.

Das Geschäft mit den Silberminen machte aus Schieffelin einen Millionär, der ursprünglich mit nur 0,30 Cent in seiner Tasche sein Glück in den Hügeln von Arizona gesucht hatte. Er ist, wie es sein Wunsch gewesen war, im schlichten Outfit eines Schürfers unter einem Monument aus Steinen außerhalb der Stadtgrenze Tombstones begraben.

Das Schürfen nach Gold und Silber war zum damaligen Zeitpunkt ein extrem anstrengender Job. Im Durchschnitt wurden zwölf Stunden Schichten gearbeitet und mit einfachen Werkzeugen wurde das erzhaltige Steinmaterial bei schwachem Kerzenlicht aus der Erde geholt. Die Minenarbeiter verdienten dabei zirka drei bis maximum zwölf Dollar die Woche. Die meisten trugen einen Lungenschaden vom Staub davon und viele starben an Tuberkulose.

Die Gier der Minengesellschaften war grenzenlos und so gruben sie ihre Schächte viel zu tief in den Boden, bis sie schließlich auf immer mehr Grundwasser trafen. Selbst zusätzliche riesige Pumpen die vierundzwanzig Stunden an sieben Tagen die Woche liefen, konnten am Ende nicht verhindern, dass viele der Minenschächte von den siebenundzwanzig Millionen Liter Grundwasser geflutet wurden. Dieses Unglück wurde zusätzlich von einem Erdbeben verstärkt. Einige der Tunnel liegen in bis zu hundertzweiundfünfzig Meter Tiefe. Um zirka 1911 gaben die Gesellschaften schließlich ihre Minen aufgrund der Grundwasserproblematik auf. Die Stadt lehrte sich und wurde fast zur Geisterstadt.

Heutzutage zieht Tombstones geschichtsträchtige Vergangenheit Besucher aus der ganzen Welt an.

Ich bin stolz darauf, einen Original 1880er Tombstone Morgan Silber Dollar zu besitzen, der während der Blütezeit aus dem Edelmetall geprägt wurde. Da ich um die Geschichte und Strapazen weiß, die hinter dieser Münze stecken, schätze ich sie weit über ihren materiellen Wert hinaus.

DIE CHARAKTERE IN DIESEM BUCH

DIE CHARAKTERE VON JESSE CONNOR UND COTTON JOE SIND REIN FIKTIV UND sollen einen Überblick über die Minenarbeit von Tombstones Vergangenheit geben.

Lorraine Bernard

Die Figur von Lorraine Bernhard ist fiktiv aber wurde inspiriert von der berühmten Big Nose Kate, die als gefallener Engel sehr erfolgreich war. Sie war eine erfolgreiche Geschäftsfrau, die in verschiedenen Pionierstädten eigene Bordelle führte. Big Noses Kate (Originalname Mary Katharine Horony) war eine außergewöhnliche Frau mit unbeugsamen Willen. Einen Großteil ihres Bekanntheitsgrades hat sie unter anderem auch ihrer langjährigen Affäre mit Doc Holliday zu verdanken. Sie war sehr gebildet, sprach vier Sprachen fließend und ließ sich auch dann nie unterkriegen, wenn die Lebensumstände schwierig wurden.

Blonde Mary (Original Blonde Marie)

Sie war die erste französische Madame in Tombstone, und führte erfolgreich ein Bordell für das französische Syndikat.

Sie war als unbeugsame, aber kluge Geschäftsfrau bekannt und managte einst ein großes, weiß gestrichenes Bordell auf der Sixth Street. Das Etablissement war bekannt für seine luxuriöse Möblierung. Blonde Marie tolerierte weder Betrunkene noch rowdyhaftes Benehmen in dem Haus von fragwürdigem Ruf.

Aus diesem Grund war in ihrem Bordell weder eine Bar noch ein Saloon untergebracht. Das war äußerst ungewöhnlich für diese Art Geschäft.

Blonde Marie wechselte ihre Mädchen regelmäßig und sorgte damit immer für `frisches´ Entertainment. Sie bot den Gästen die besten Speisen und komfortabelsten Betten der Stadt an. Alles in allem war es das edelste Haus des Gewerbes in der ganzen Stadt.

Sie setzte alles daran, dass die wohlhabenden Gentlemen, die ihr Etablissement besuchten, sich nie langweilten und sorgte daher stetig für Abwechslung unter den Liebesdienerinnen genauso wie unter den angebotenen Speisen.

Blonde Marie war nicht nur äußerst attraktiv, sondern auch sehr gebildet. Einige der schönsten Mädchen des Südwestens arbeiteten für sie. Im Gegensatz zur Figur der Blonde Mary in diesem Buch war sie im richtigen Leben als wohl erzogen und zuvorkommend bekannt. Es gelang ihr einen großen Teil des verdienten Geldes zu sparen, sodass es ihr möglich war, in ihre Heimat Frankreich zurückzukehren, wo sie ihren Ruhestand in Paris verbrachte.

China Mary
Die von Cotton Joe kurz erwähnte chinesische Madame namens China Mary lebte tatsächlich in Tombstone. Sie war die unangefochtene Regentin des chinesischen Viertels, auch bekannt als `Hop Town´.

Keine chinesische Prostituierte oder jegliche, von Chinesen angebotene Dienstleistung stand den Bewohnern von Tombstone zur Verfügung, wenn sie nicht durch China Mary engagiert wurden und sie diese Geschäftsverbindung abgesegnet hatte. Die Asiatin hatte sogar ihre eigene Polizeieinheit und war gleichermaßen gefürchtet wie auch respektiert. China Mary kontrollierte auch die Opium Zelte in der Stadt. Nichtsdestotrotz war sie als eine der großzügigsten und hilfsbereitesten Figuren in Tombstone bekannt und glaubte stark an die Philosophie des Gebens und Nehmens im Leben. Ihr Mann besaß damals das berühmte Can Can Restaurant an der Allen Street.

Wild Lincoln Duncan

Ein befreundeter Western Darsteller namens Lincoln Leavere hat mich zur Figur des Wild Linc Duncan inspiriert. Auch wenn er in dieser Geschichte den Bösewicht spielt, ist er doch im wahren Leben ein liebevoller Vater, und talentierter Western Show Darsteller. Er spielte unter anderem Butch Cassidy und Jesse Evans in der TV Produktion *Legends and Lies* (Fox News, 2015-2018), und erschien als Stuntman in der bekannten Hollywood Produktion *Lone Ranger* (2013).

Doctor Goodfellow

Doktor George Goodfellow (1855-1910) war hoch qualifiziert in der Behandlung von Schusswunden. Er war der erste Arzt der erfolgreich Operationen von Schusswunden im Bauchbereich im Territorium durchgeführt hat. Außerdem war er der erste Arzt, der es wagte, eine vergrößerte Prostata zu entfernen. Doktor Goodfellow war ein medizinischer Pionier, der unter anderem auch die erste Rücken Anästhesie durchführte und für sterile Operationsbedingungen sorgte.

Er hatte weitreichende Interessen und führte Studien über Erdbeben durch, interviewte den berühmt- berüchtigten Apachen Häuptling Geronimo und war ein exzellenter Boxer. Berühmt wurde er, nachdem er die Schusswunden von Virgil und Morgan Earp versorgt hatte. Unglücklicherweise gelang es ihm nicht Morgan Earp zu retten. Aber es war mitunter seine Aussage vor Gericht, die dafür sorgte, dass die Earp Brüder vom Verdacht des Mordes nach der Schießerei am OK Corral freigesprochen wurden.

Er verließ Tombstone 1989 und praktizierte später erfolgreich in San Francisco. Ironischerweise verlor er alles bei dem großen Erdbeben 1906 in San Francisco. Sein Haus in Tombstone existiert immer noch und viele seiner medizinischen Instrumente sind im Courthouse Museum in der Stadt ausgestellt.

Bücher Quellen und Museen
Ich habe einen großen Teil meiner Inspiration aus den folgenden Büchern und Gebäuden gezogen:

Behind the Red Lights (1993) by Ben T. Traywick.

Soiled Doves, Prostitution in the Early West (2003) by Ann Seagraves.

Biggest Little Book/Historical Tombstone Photos (2004) by Bill Roman.

Tombstone's Treasures: Silver Mines and Golden Saloons (2007) by Sherry Monahan.

True West Magazine

Bewahrte, historische Attraktionen in Tombstone:

The Courthouse Museum

The Birdcage Museum

The Good Enough Mine

The Oriental Saloon

ÜBER DIE AUTORIN

ES MAG EINIGE LESER ÜBERRASCHEN, DASS MANUELA SCHNEIDER, OBWOHL IN Deutschland geboren und aufgewachsen, eine große Passion für die Geschichte der amerikanischen Ureinwohner und des `Wilden Westens´ entwickelt hat. Aber die Faszination für das Leben der Pioniere, Cowboy Helden und heimtückische Outlaws hat sie so lange, wie sie sich erinnern kann durch ihr Leben begleitet.

Schneider erinnert sich oft daran, wie gefesselt sie von amerikanischen TV-Serien wie Rauchende Colts, Unsere kleine Farm oder Bonanza war.

Als Erwachsene vertiefte Schneider ihr Interesse für den amerikanischen Westen mit zahlreichen Reisen in die U.S.A., wo sie historische Monumente und Städte wie Tombstone, Monument Valley, Santa Fe und Kanab, Utah besuchte. Nachdem sie die landschaftlich wilde Schönheit des Südwestens selbst erlebt hatte, wuchs der Wunsch in ihr noch mehr, Bücher über Kampf, Liebe und Überleben im wilden Westen zu schreiben.

Nachdem sie eine erfolgreiche Karriere als Motorradbekleidungsdesigner für den europäischen Markt beendet hatte, schrieb Schneider ihren ersten Western Roman im Jahr 2017. Bis zum heutigen Tag hat Schneider drei Bücher geschrieben, die allesamt starke weibliche Figuren im Kampf gegen Not, mysteriöse Vorkommnisse und Täuschung beinhalten, während diese nach wahrer Liebe und einem besseren Leben suchen. Diese dynamische Autorin bezieht ihre Energie und Inspiration von den starken Pionierfrauen der Vergangenheit und kreiert daraus fesselnde Sagen, die den Leser neugierig machen, ob und wie die Geschichte weiter geht. Ja, die Geschichten gehen weiter, zwei weitere Bücher entstehen bereits.